迷宮剣

剣客相談人12

森 詠

時代小説

二見時代小説文庫

目次

必殺迷宮剣——剣客相談人12

第一話　足抜《あしぬき》相談

一

梅雨《つゆ》が終わったかと思うと、江戸は真夏に変わった。

元那須川《なすがわ》藩主若月丹波守清胤《わかつきたんばのかみきよつぐ》改め、長屋の殿様大館文史郎《おおだてぶんしろう》は、いつもの大川端《おおかわばた》の土手に腰を下ろし、釣り糸を垂らしていた。

それにしても、くそ暑い。

じっとしていても、汗が額や腋の下、背中から吹き出して来る。

灼熱の太陽が、じりじりと土手や川面を照らしている。

川端に生えた柳の木陰にいるとはいえ、草木や川面の照り返しがひどい。

それでも、川面を渡る清涼な風が文史郎の肌の火照《ほて》りを鎮《しず》めてくれる。

大川は眩《まぶ》しい陽射しを細波《さざなみ》がきらきらと反射しながら、ゆったりと流れている。流れに乗って、積み荷を満載した船が何艘も江戸湾へ向かっている。

「殿様、このたびの相談と申しますのは、はなはだ厄介《やっかい》な揉め事にございまして」

口入れ屋の権兵衛《ごんべえ》は、手拭いで額や首筋の汗を拭いながら、いつになく神妙な態度で頭を下げた。

「…………」

傍らの傅役《もりやく》こと左衛門《さえもん》はむっつりした顔で腕組をしている。

「二人とも、いったい、いかがいたした？　よろず揉め事は、そもそも厄介なことではないかのう」

文史郎は笑いながら、釣り竿を振るい、みみずの活《い》き餌《え》を付けた釣り針を川上に放り投げた。

「爺《じい》は、このたびの相談、引き受けることには反対でござる。あまりに危なすぎまする」

左衛門は低い声でいった。

文史郎は笑った。

「爺、相談事に多少の危険は承知だろう？　危険だからこそ、我ら相談人が必要になるのではないか？」

「しかし、殿、それにも程度というものがあります」

「爺、まだ権兵衛から何もきいておらぬぞ。話をきかなければ危険か否か、まったく判じることもできぬではないか」

「……ですが、殿の御性格からして、相談の中身をおききになれば、きっとお引き受けなさる。爺は、それが心配なのでござる」

左衛門は腕組を解き、顎を撫でた。

文史郎は、左衛門の心配はもっともなことだ、と思った。

危ないこととなると、心が躍《おど》る。

男たる者、危険に臨《のぞ》み、臆してはならぬ。

あえて火中の栗を拾う。これぞ男意気ぞ。

誰か、有名な学者がいっていた。

男は危険と遊びが好き。だから、いつもあえて危地に自ら飛び込んでいく。

「殿は、お調子者ですからな。特に女子《おなご》絡みの相談となると、一も二もなく、お引き受けになる。それが恐いのでござる」

左衛門は溜め息をついた。

「爺、お調子者とはひどいのではないか」

文史郎は釣り竿を引き上げながら、左衛門を眇目《すがめ》で睨んだ。だが……。

図星《ずぼし》といえば図星だ。

さすがに長年傅役を務めて来た爺だけのことはある、余の性格を見抜いておる。

ではあるが、最近、左衛門はずけずけと遠慮なくいいすぎる。

「殿、御気分を害されましたか。これは失礼いたしました。年寄りの余計な心配として、どうぞ御寛恕《かんじょ》くだされませ」

左衛門は頭を下げた。

権兵衛が左衛門に替わって口を開いた。

「殿様、このたびの相談事については、ご無理に、とは申しません。左衛門様には殿様に話す場合、くれぐれも興味を持つような話は申さぬようにと、あらかじめ釘を刺されておりますので」

「左様か。で、どのような相談事だというのだ？」

権兵衛はじろりと周囲の河岸《かし》を見回した。近くの葦《よし》の陰に隠れ、こちらに聞き耳を立てている者がいないかと気にしている。

川岸には笠を被った釣り師たちが、思い思いの場所で、釣り糸を垂らしている。

　一番近くにいる釣り師も、魚を釣り上げたばかりで、こちらのことなど気にかけている気配はない。

「殿様、これは、ごくごく内密なお話にございまして。もし、お断りになられる場合も、他言無用《たごんむよう》ということで」

「分かった。他言無用にする。申せ」

　浮きが川面に見え隠れし、かすかな魚信《あたり》を感じた。

　やっと来たか。

　文史郎はにんまりと頰を緩《ゆる》めた。

　待ちに待っていた魚信。

「……吉原《よしわら》から花魁《おいらん》を一人足抜きさせたい、というのです」

「なに？」

　文史郎は権兵衛を振り向いた。

　左衛門が釣り竿の先を指差して叫んだ。

「殿、魚」

「あ……」

　左衛門の声に、文史郎は思わず急いで竿を引き上げた。

いったんは針にかかった魚が川面に跳ね、するりと針から逃れた。魚は銀鱗をきらめかせながら、ゆっくりと水面に落ちていった。

……大きい。手応えからして尺《しゃく》はあったかも。

おのれ。せっかくの夕餉《ゆうげ》の魚を取り逃がしたか。

文史郎は臍《ほぞ》を噛んだ。

権兵衛は押し殺した声でいった。

「それで、剣客相談人に、ぜひ、お願いしたいという相談なのです」

文史郎は不機嫌な声で釣り竿を立て、餌が付いていない釣り針を引き寄せた。

「お願いしたいだと？　何を？」

左衛門が権兵衛に替わっていった。

「殿、つまり、花魁を一人、吉原から足抜きしてほしい、というのでござる」

文史郎は餌箱から元気なみみずを取り出し、釣り針に付けた。

「なんだ。花魁の足抜きをしてくれ、というのか？」

「はい」権兵衛が神妙な顔でうなずいた。

「惚《ほ》れた花魁の足抜きをしたいなら、依頼人が、しかるべき金を積んで身請《みう》けすればいい話ではないのか？」

「ところが、その依頼人は花魁を金で身請けするわけにいかぬ事情がおありなのです」

文史郎は餌を付けた釣り針を川上に向けて放った。重りが水音を立てて、川面に波紋を拡げた。

「金がないのか？　ならば、花魁を身請けするなどといった大それた夢は見ぬことだな」

文史郎は、川面に浮き沈みしながら流れ下る浮きを注視した。

今度魚信があったら逃しはしない。

魚がしっかりとみみずを口に頬張ったら、間髪《かんはつ》を入れず釣り上げる。

「依頼人にはお金はあるのです。ただ、肝心の花魁が身請け話に首を縦に振らないのです」

「なんだ、相手の花魁は嫌だというのか。では、はじめからあきらめるしかないではないか」

「花魁は、自分のことで依頼人に迷惑をかけたくないといっているらしいのです」

「ほう。殊勝《しゅしょう》な花魁だな」

「花魁には、ほかにも大金を積んでも身請けしたい、というお大尽が何人もいて、つぎつぎに身請けを申し入れているのですが、花魁は依頼人に操《みさお》を立てて、ほかの客には応じようとしないのです」

「ははは。遊女が操を立てて、ほかの客とは寝ないというのか。恐れ入ったな」

文史郎は下流に流れた浮きを見て、静かに竿を引き上げた。

釣り針には、みみずがだらりと垂れ下がっている。それをまた魚が群れ集まっているあたりに放り込んだ。

「依頼人に迷惑がかかるというのは、花魁が贔屓《ひいき》の客を体《てい》よく断る手練手管《てれんてくだ》の一つではないのか？　やはり花魁は、その依頼人に身請けされたいと望んでおらぬのではないかのう。いまのうちに、依頼人はあきらめておいた方がいい。そう伝えるんだな」

「お殿様も、そうお思いですか。実は、私もそう思いまして、畏《おそ》れながら、おあきらめなさった方がいい、と申し上げたのです」

「そうしたら？」

「きりつぼは、そんな女ではない、とおっしゃるのです。ああ、きりつぼとは、その花魁の名でございましてな」

「桐壺《きりつぼ》だと？　それは畏れ多い名だな。源氏物語の帝《みかど》桐壺《きりつぼ》を源氏名《げんじな》に使うとは」

「その桐壺ではございません。霧に壺の霧壺にございます」

「そうか。その霧壺か。それで、権兵衛の忠告に、依頼人は、なんと答えたのだ？」

「霧壺は、心底から依頼人をお慕いしており、もし、今生《こんじょう》で依頼人と結ばれないようならば、心中も覚悟していっているそうで」

「心中も覚悟しておるというのか。それはすごい。で、霧壺は本気なのかのう？」

「本気だそうです。霧壺は、一度などは人払いをして、いきなり短刀を取り出し、刃を自らの喉元に突き付けたそうです。そこで霧壺は、わちきは先に参ります、きっと、ぬしも後を追って来てくんなまし……」

権兵衛は廓言葉《くるわ》でいいながら、身振りで科《しな》を作った。

文史郎は権兵衛の変身に唖然とした。

「おやおや」

「そこで、霧壺はほんとうに喉を突こうとしたので、依頼人は慌てて霧壺の腕を押さえ、短刀を取り上げたそうなのです。そうしなかったら、ほんとうに短刀の切っ先で喉を突いていたことだろうと。霧壺の喉元には、そのときの切り傷が、いまもくっきりと付いているそうです」

文史郎は左衛門と顔を見合わせた。

「霧壺は本気のようだな」

左衛門はにやっと笑った。

「殿、そんなに簡単に遊女のことを信じてはいけませぬぞ。遊女に真《まこと》はありませぬ。客を繋ぎ止めるためなら、遊女は、そのくらいの芝居は平気でするものです」

「そうかのう。で、権兵衛、依頼人はなんと申しておるのだ?」

「それで、依頼人は本気で霧壺に惚れたらしいのです。なんとしても、霧壺を請け出したいとお考えになった」

「なのに、霧壺は依頼人が身請けしたい、という話を断ったというのか?」

「はい。もし、依頼人が自分を身請けなさったらば、きっと御家《おいえ》の一大事になる、だから、身請けをしていただきたくない。それだけはあきらめてくださるようにと泣いて頼むのだそうです」

文史郎は権兵衛を見やった。

「権兵衛、おぬしの口振りから推察するに、依頼人は商家のお大尽とか、札差《ふださし》の若旦那とかではなさそうだな」

「……」

「もしや、どこかの大名か、それとも大名級の旗本か、それとも幕府の偉い人物といったところだな」

「ご推察通りにございます」

「いったい、誰だい、その御仁とは？」

権兵衛はあたりを気にしながら、

「それはお話しできませぬ。お殿様が、この依頼をお引き受けしていただけなければ申し上げられないのです」

といって頭を左右に振った。

文史郎は苦笑いした。

「権兵衛、無理をいうな。何を引き受けろというのだ？　お金で身請けされるのを断り、依頼人の立場を考えて身を引こうとしている。そんな花魁を、いったいどうやって足抜きさせるというのだ？　まさか、その霧壺を吉原から拉致《らち》しろとでもいうのか？」

文史郎は笑いながら、竿を引き上げ、また川上に餌を付けた釣り針を放った。魚は餌に食い付いていない。

権兵衛は低い声でいった。

「そうなのです。依頼人は、力ずくでもいい、なんとか、お殿様たちが霧壺を吉原から拉致して、足抜きすることはできないか、とおっしゃるのです」

「そのためなら、お金はいくらでも払うとおっしゃるのです。いかがでしょう？　この相談にお殿様は乗っていただけませんか」

権兵衛がにじり寄った。

「そうだのう」

「殿、いくらお金をいただけても、そんな相談を引き受けてはなりませぬぞ。爺は反対です。天下の御法度《ごはっと》を犯すことになりましょう」

左衛門が膝を乗り出した。

文史郎はあきれ顔でいった。

「よほど、その依頼人は、花魁霧壺に惚れ込んだようだな」

「はい。もし、お殿様がこの御依頼をお引き受けなさらぬ場合は、止むを得ない、心を決めると申されておりますのです」

「心を決めているだと？」

「はい。この世ではいっしょになれぬなら、霧壺と刺し違えても、あの世でいっしょになろうとしておられる」

「恋狂いだのう」

「無茶をいうのう」

文史郎は、分からないでもないと思った。

己にも、似たような経験はある。

如月《きさらぎ》を見初《みそ》めたときには、正室《せいしつ》の萩《はぎ》の方《かた》と側室《そくしつ》の由美《ゆみ》をそっちのけにして、如月に入れ揚げてしまった。そのために、萩の方ばかりか由美の恨みを買い、さらに家臣たちの信望も失って、とうとう若隠居《わかいんきょ》に追い込まれる羽目になった。

すべては自業自得。後悔先に立たずだ。

「殿、くれぐれも、金に目が眩《くら》んだり、情にほだされては駄目ですぞ」

左衛門が心配顔で文史郎を睨んだ。

「もし、仮にだ、余たちが花魁を拐《かどわ》かして、廓の足抜きをさせたら、いかなことになるか？」

「……廓の外で捕まれば、死罪はまぬがれませぬ」

左衛門はにべもなく返答した。

「死罪か」

「その前に、花魁を連れて廓を抜け出すのが至難の業《わざ》。たいていは廓の若い衆に見つかって捕まり、袋叩きにされる。蒲団に包まれて簀巻《すまき》にされ、大川に放り込まれるのがオチでしょう。結果は、翌朝、江戸湾に土左衛門《どざえもん》となってあがるということになりましょう」

吉原は初代将軍家康《いえやす》から直々《じきじき》にお墨付《すみつ》きを貰った幕府公認の遊廓である。廓は多額の冥加金《みようがきん》を幕府に上納する代わりに、町奉行や火付盗賊改《ひつけとうぞくあらた》めなどの立ち入りができない一種の治外法権を認められていた。

廓内で起こった事件に、奉行も火付盗賊改めも口は出さないが、廓の外になれば、彼らの追及は免れない。

廓内部の揉め事は、すべて廓の惣名主《そうなぬし》や管店《ばんとう》たちが廓独自の掟《おきて》に基づいて処置する決まりになっていた。

「お殿様、権兵衛も実は弱っておるのです。この相談をお殿様に断られれば、依頼人のさる御方は相対死《あいたいじに》をなさることになる。かといって、お殿様たちに強引に吉原から花魁を攫《さら》い出すようなことをしていただいたら、お殿様たちを死罪に送りかねない。権兵衛も進退窮まってしまいました」

「権兵衛、爺が先に申したように、この相談を殿に持って来るのが間違いだった。出来ない相談なのだからな。おぬしには悪いが殿は、引き受けられない。あきらめるのだな」

左衛門は冷たく言い放った。

「やはり左様でございますか。そうでございましょうね」

権兵衛はがっくりと肩を落とした。

文史郎は頭を振った。

「爺、権兵衛がせっかく持って来てくれた相談だ。そう無下《むげ》に断ることはあるまいて」

「殿、まさか花魁の足抜きを引き受けるのではないでしょうな。爺は反対でござる」

左衛門は血相を変えた。

「権兵衛もさぞ、困っているだろう。だから、相談には乗ろうではないか」

「お殿様、相談に乗っていただけるので。しかし、そうなると、お殿様たちが酷《ひど》い目に遭うことになりましょう。やはり、私がこんな相談を持って来なければよかったのです」

「権兵衛、いい知恵がある。廓の掟や御法度に触れずに、霧壺の足抜きをすればいいのであろう？」

文史郎はにんまりと笑った。

「ど、どのような？」

「依頼人本人ではなく、誰か代わりの者が金を積んで、霧壺を身請けする手があるではないか」

「…………」

「身請けして、霧壺を廓から外に出し、そのあとに、依頼人に引き渡せればいいのではないか。かなり金はかかるだろうが、廓のしきたり通りに金で身請けし、御法度にも触れずに済む。依頼人は表に出ないから、誰であれ、問題にされることはない。霧壺も惚れた相手に添うことができるというものだろう」

権兵衛は急に顔を明るくした。

「なるほど。それをお殿様にやっていただくというわけでございますな」

「なに、余が依頼人の代わりに霧壺を請け出すというのか？」

文史郎は一瞬、顔をしかめた。

左衛門は呆れた顔をした。

「殿、廓のしきたりを御存知か？　花魁を請け出すのは、たいへんな手間と金がかかるのですぞ」

「権兵衛、早とちりするな。余は依頼人の身代わりをするつもりはないぞ」

「お願いできませぬか？」

「当たり前だ。依頼人を存じておればともかく、依頼人のことは何も知らないのだぞ。

そんな依頼人のために、どうして余が代わって霧壺を請け出さなければならぬのだ？」

「はあ。さようですか」

権兵衛はがっかりした顔になった。

「権兵衛、だから、余ではなく、もっと依頼人が信頼できる人物がおろうに」

権兵衛は頭を振った。

「お殿様、依頼人には、そういう相談をする相手がいらっしゃらないのです。そこで口入れ屋の私のところに、ぜひとも、剣客相談人のお殿様を紹介してほしい、とお越しになられたのです」

「ほう、その依頼人の代理を務める者はいない、というのか？」

「はい。おらぬそうです」

「権兵衛、その依頼人というのは、いったい何者なのだ？」

「ですから、お殿様が、依頼人の相談に乗っていただけるということでしたら、お教えするのですが」

「権兵衛、話が逆だろう。余は氏素性《うじすじよう》も分からぬ者の相談には乗れぬ。依頼人が分かって初めて、相談に乗れるというものだろうが」

権兵衛の顔が急に明るくなった。

「では、氏素性がはっきりしておれば、お殿様は相談に乗っていただけるのですね」

左衛門が苦々しくいった。

「殿、慎重にお考えなさらねばいけませんぞ」

「爺、分かっておる。相手が分かったからといって、必ずしも依頼を引き受けるつもりはない。断る場合もある。権兵衛、そこもとも、それでいいな」

「分かっております。では、依頼人について、申し上げましょう」

権兵衛はもう一度あたりに人がいないのを確かめてから、小声でいった。

「……田安《たやす》徳川家のお世継の徳川匡時《まさとき》様にございます」

「な、なんだって。御三卿《ごさんきょう》の田安家の若殿だと申すのか」

文史郎は左衛門と顔を見合わせた。

左衛門は渋い顔でいった。

「たしか匡時様は田安徳川家の第三代当主斉匡《なりまさ》様の正室の子で、嫡子のはず」

「そうか。それに田安家の当主斉匡殿は、将軍家斉《いえなり》様の弟君ではなかったか?」

「さようにございます」

権兵衛が神妙な顔でうなずいた。

文史郎は頭を振った。

「将来、将軍を出すかもしれぬ御三卿の田安家の御曹司徳川匡時が吉原の花魁にうつつを抜かし、花魁を身請けをしたなどと世間に広まったら、将軍家の権威は地に堕《お》ちよう。ほかの大名に示しもつかぬ」

かつて、仙台伊達《だて》藩の大名が毎日のように吉原通いをし、同様に高尾《たかお》という花魁を請け出したことがあった。

質素倹約を旨とした幕府は激怒し、諸国の大名に示しがつかないと、その大名を改《かい》易《えき》し、若隠居するよう命じた。

それにも勝る一大不祥事になるのは明白だった。

「これは容易ならぬことだな」

「そうなのです。表沙汰になりましたら、一大事になりましょう」

権兵衛は弱り果てた様子だった。

「爺、もし、これが表沙汰になったら、どうなる？」

「いかな御三卿の田安家といえど、上様はお許しにならんでしょうな」

「だろうな」

「おそらく、匡時様は田安家の嫡子を外され、若隠居の身になりましょう」

「ちと余の場合とは意味合いが違うがのう」

「それも、表沙汰にならず、内々で治まった場合でしょうな」

文史郎は溜め息をつき、考え込んだ。

知らなければよかった。余計なことに口を出し、下手《へた》をすると徳川田安家の御家騒動に巻き込まれかねない。

「権兵衛、せっかく持って来てくれた相談だが、この相談、無かったことにしてくれ。余が引き受けるには荷が重すぎる」

「そ、そんな」

権兵衛は狼狽《うろた》えた。

左衛門も大きくうなずいた。

「殿、そうなさいませ。爺も、それが一番かと思います」

「お殿様、そこをなんとか、お願いいたします。徳川匡時様も、お礼はいくらでもはずむと申されておりますので、なにとぞ」

権兵衛はおろおろしながら頭を下げた。

「駄目だ。引き受けることはできない」

文史郎は頑《がん》として首を縦に振らなかった。

権兵衛は哀しそうな目で文史郎を見上げた。

「殿、浮きが」

左衛門の声に、文史郎ははっとして釣り竿を持ち直した。

浮きが水面から消えている。

かかった。

文史郎は竿を引き上げた。竿は大きくしなり、水面から大魚が飛び上がった。

「殿、慎重に慎重に」

文史郎は左衛門の声に励まされながら、竿を引き上げ、魚を釣り落とさぬように岸辺に引き寄せた。

「おお、見事な鯉ですな。まさか、鯉を釣り上げなさるとは」

権兵衛も感嘆の声を上げた。

左衛門が釣り針にかかった鯉を岸に引き寄せ、針を外した。すぐに魚籠《びく》に鯉を入れた。

「殿、今夜の夕餉は、鯉料理ですぞ」

左衛門がほくほく顔で喜んだ。

二

「殿、この鯉は実に美味でござるな」

大門甚兵衛《だいもんじんべえ》は、旨《うま》そうに鯉濃《こいこく》を啜《すす》った。ついで、大盛りにしたほかほかのどんぶり飯を箸で掻き込んだ。

鯉濃は、左衛門が郷里での料理を思い出して作った味噌汁だ。赤味噌の味が鯉の淡《たん》白《ぱく》な身とねっとりと絡み合い、微妙な旨さを生じている。

「爺、おぬしも、だいぶ料理の腕を上げたな」

文史郎は久しぶりのご馳走《ちそう》に膨らんだ腹を撫でた。

左衛門も満足気に文史郎と大門を見回していた。

「ううむ。食った食った。満腹満腹」

大門はどんぶりの飯を平らげ、腹をぽんぽんと叩いた。

「しかし、殿、さきほどの花魁の足抜け話でござるが、引き受けなかったのは、はなはだ残念でござったな」

「どうしてかな？」

文史郎は左衛門が湯呑み茶碗に注いだ諸白《もろはく》を飲みながら訝《いぶか》った。

「どうして、と申されてものう」

大門は頭を掻き、湯呑み茶碗を左衛門に差し出した。

左衛門は笑いながら、銚子《ちょうし》を大門の湯呑みに傾けた。

「殿、決まっておりますぞ。大門殿は吉原を覗いてみたかった」

「いやあ、参った。図星でござる。その花魁霧壺とやらを見とうござったですな。どんなに綺麗な美妓《びぎ》なのか、と興味が湧きましてな」

大門は大口を開いて笑った。

「まったく大門殿は、後先を考えずに、そういうのだから。困ったお人だ」

左衛門は自分の手許の湯呑み茶碗にも、銚子の酒を注いだ。

「しかし、爺、いま考えてみれば、断ったのは、確かにちと惜しい気もするのう」

「なんと、殿までが」

左衛門は呆れた顔になった。

大門が酒を飲みながら調子付いた口調でいった。

「殿、そうでしょう？　身請けを引き受けるかどうかとは別に徳川御三卿の田安家の御曹司が、身代を捨てることになってもいい、と思うほど惚れ込んだ美妓とは、どんな女か、一目見てみたいと思うではないですか。唐《から》の国に出てくる楊貴妃《ようきひ》のような傾《けい》城《せい》だったら、見逃す手はないと思いますが」

「傾城か。なるほどのう」

「そうですぞ。もしかして、徳川将軍の幕府の屋台骨《やたいぼね》を揺るがすような傾城かもしれないではないですか。一度でもいい、そんな美妓にお目にかかりたいもんだと」

大門は湯呑みをあおった。

左衛門は苦々しい顔でいった。

「大門殿にとって、他人事《ひとごと》だから、そんなことがいえるのです。ちゃんと正室がいながら、そんな吉原遊びにうつつを抜かす殿様を持った家臣の身になってごらんなされ。えらい迷惑ですぞ」

左衛門はじろりと文史郎を見据えた。

「爺、もしかして、それは、余へのあてつけか?」

「いえいえ。とんでもない。殿は、せいぜい御女中に手を出したくらいですからな。まだ可愛いものです」

左衛門はにんまりと笑った。

文史郎は無言で湯呑みの酒を飲み干した。

どうも、最近、左衛門のものいいは、遠慮がなくて、言葉がきつい。これも、余に殿様としての威厳が足りなくなっているからだろうか？

大門も竹楊枝《たけようじ》で歯に挟まった鯉の小骨をほじくり出しながらいった。

「もし、相談を引き受けたとしてですぞ」

「大門殿、またその話ですか」と左衛門。

「だから、仮にだ。殿が引き受けたとしてのことだ。依頼人の代わりの代理の者が、その霧壺を身請けするとして、かなりの大金が必要になりましょうな？　いくらぐらいかかるものですかな」

「身請け料だけで、おそらく五百両くらいはかかるかのう」

文史郎は左衛門に目をやった。

左衛門は年寄りだけに世情については、よく知っている。

「とんでもない。それでは並の遊女を請け出すにも足りないかもしれない。御職《おしょく》を張っている花魁を請け出すとなれば、軽く千両は下らないでしょう。下手《へた》すると、倍の二千両もかかるかもしれません」

「二千両もか」文史郎は溜め息をついた。

「それも花魁を抱えた妓楼の楼主に払う身請け金。請け出すためには、殿が吉原に何度も通い、芸者を上げたり、幇間《ほうかん》やら遣手《やりて》、はては台所の飯炊き女、風呂焚き、下女にいたるまで、ご祝儀をばらまいて、大盤振舞《おおばんぶるまい》して豪勢に遊ばなくてはならない」

「金がかかりそうだな」

「そうやって、何度も花魁と馴染みになり、仮祝言を挙げたあとに、ようやく身請けするという段取りになりましょう」

「手間がかかるのう」

「それを一見《いちげん》の客が、花魁を気に入ったから請け出そうといっても、そうはいかない。なにしろ、花魁が、あちきはぬしは嫌いです、といって仮の夫婦にもなるのを拒むということがありますからね」

「え、そんなこともあるのか？」

「はい。花魁は気位が高い。あちきは狗畜生《いぬちくしょう》ではないでありんす、ですよ。田舎《いなか》侍《ざむらい》は、味噌汁ででも顔を洗って出直しておいで、ってなもんです」

「爺、やけに、吉原の花魁に詳しいのう」

「……そりゃあ、昔、若いころには江戸詰めになった折に、無聊《ぶりょう》を慰めるために、一度や二度、吉原に行って遊びましたからねえ」

左衛門はにんまり笑い、湯呑みの酒を舐めるように飲んだ。

大門が溜め息混じりにいった。

「それそれ。もしや、そんな遊びができたらな、と思うてな。惜しい。実に惜しい」

表の細小路に人の気配がした。

あたりはすっかり暮れている。

黒い人影が開きっぱなしにしてある戸口に現れた。

「夜分失礼いたします」

権兵衛の声が聞こえた。ぶら提灯の明かりといっしょに権兵衛の顔が現れた。

昼の暑さが残っているのに、黒紋付姿の正装だった。

左衛門が迎えた。

「おう、権兵衛殿、いったい、何ごとです。こんな夜に」

「お殿様にお願いがありまして」

権兵衛は後ろの暗がりを振り向き、誰かを促した。

「佐治《さじ》様、どうぞ、こちらへ」

のっそりと黒い人影が戸口に現れた。黒い羽織を着込んだ侍だった。

侍は戸口の前に土下座《どげざ》し、両手をついていった。

「お殿様、拙者、佐治又衛門《またえもん》と申します。夜分に突然、お訪ねするご無礼を、なにとぞお許し願います」

「どちらの佐治又衛門殿かは存じませんが、まあま、そんなところにお座りにならず、どうぞ、お手をお上げください」

左衛門が土間に降りていった。

「ありがたき幸せ。ぜひとも、お殿様の大館文史郎様にお目通り願いたいのでござるが」

文史郎は佐治又衛門と名乗った侍にうなずいた。

「それがしが大館文史郎だが」

佐治又衛門は急いで文史郎に平伏した。

「これはこれは、お殿様、御尊顔を拝謁《はいえつ》させていただき、まことに恐悦《きょうえつ》至極《しごく》に存じます」

文史郎は大門と顔を見合わせた。左衛門が笑いながら尋ねた。

「で、おぬしは、どちらのご家中でござる？」

「それは、ここで申し上げるのは、ご勘弁願いたい。のちほど、申し上げまする」

佐治又衛門は左衛門とほぼ同じくらいの年格好だった。違いといえば、佐治の頭は禿げ上がり、申し訳程度の丁髷《ちょんまげ》が頭頂に乗っているところか。

権兵衛が慌てて佐治の代わりにいった。

「お殿様、こちらの佐治又衛門様は、先に申し上げた例の依頼人の御家中にございます」

「おう。そうか、分かった。それで、御家中の方が、いかがいたしたのかな？」

「お願いした儀について、お殿様は断られたとのことでござったが、まことでございまするか？」

「うむ。申し訳ないが、ご依頼の件をお引き受けするのは、余には荷が重すぎる。それで、お断りした」

「謝礼が少のうござったら、いくらでも都合いたします所存ですが」

「いや、謝礼が少ないからではない」

「では、いま一度、いま一度、ご再考いただけませぬでしょうか？」

左衛門が文史郎の代わりにいった。

「佐治殿、殿は一度お断りなさったのだ。それをまた再考せよ、とおっしゃられても、殿は困るのでござるが」

「そこを、いま一度、再考をお願いいたしたいのでござるが」

佐治は強引だった。土間に土下座したまま、地面に額を押しつけた。

「弱ったのう」

文史郎は左衛門と顔を見合わせた。大門は好奇心丸出しに文史郎と佐治のやりとりを見ていた。

佐治又衛門は、平伏したまま、文史郎にいった。

「実は、この近くまで若君が参っております。ぜひとも、若君が直接殿にお目にかかり、お願いいたしたい、と申しておりまする。ぜひぜひ、若君にお目にかかっていただきたいのですが、いかがにございましょうか」

「なに、若君が近くまでおいでになられているというのか？」

「はい。ぜひに」

「弱ったな。若君にお会いすれば、断りにくくなるからな。爺、いかがいたそう？」

「まこと、佐治殿には申し上げにくいのでござるが、自分で播《ま》いた種は、自分で刈らねばならぬのは世の倣《なら》いでござるからな。ここは、殿が若君にお目にかからぬのが得策かと思いますが」

左衛門は気の毒そうに佐治を眺めた。

佐治は悲しそうに肩を落とした。

「さようでございますか。若君にお目にかかってもいただけない。ならば、致し方ござらぬ……」

　佐治は座り直すと、懐から懐紙を取り出して口に啣《くわ》えた。さらに着物の前を開き、白い肌の腹を顕《あら》わにした。

　腰の小刀をさらりと抜いた。小刀の抜き身に懐紙を巻き付け、切っ先だけを出して持ち易くした。

「佐治殿、何をなさるおつもりだ？」

　左衛門が慌てて声をかけた。

「お殿様にあられましては、我が若君にお会いできないとの由。拙者、子供の使いではあるまいし、不首尾のご返事を携《たずさ》えて、おめおめと若君の許に帰れませぬ。こうなっては致し方ない。ここで我が皺腹《しわばら》を掻き切って、若君にお詫びいたしたい」

　佐治は懐紙に包んだ小刀の切っ先を、自分の腹に向けた。

　文史郎は呆気《あっけ》に取られた。

「おい、ちょっと待て。ここで切腹しようというのか。馬鹿はやめなさい」

「佐治殿、お待ちくだされ」

　左衛門も佐治に寄り、小刀を突き立てようとする腕を押さえた。

「後生《ごしょう》でござる。お止めくださるな」

「佐治様、おやめくださいませ。早まってはいけませぬ。どうか、おやめくださいませ」

権兵衛もまた佐治に縋《すが》るように寄った。

佐治は呻くようにいった。

「権兵衛、拙者、このままでは若君の許へ戻れぬ。それを察してくれ」

「大丈夫です、きっとお殿様のことですから、若君様にお目にかかっていただけましょう」

権兵衛はいい、文史郎に向き直った。

「お殿様、私からもお願いいたします。お断りになられるもよし、どうか、この佐治様のお願いを聞き入れて、若君様に会っていただけませんでしょうか」

「弱ったのう」

文史郎は腕組をした。左衛門はほとほと困った顔でいった。

「しかし、殿、こちらの若君にお会いになられたら、ご依頼の件をお断りするのは、だいぶ難しいと思われますが」

「ううむ」

文史郎は唸った。

大門がにやにやしながらいった。

「だいぶ、芝居がかっておりますなあ。佐治殿は、本気で腹を掻き切るおつもりかのう。拙者には、そう思えぬが」

「なんとおっしゃる、そちらの髯《ひげ》の御方。こうなったら、拙者、腹を切ってお詫び申し上げたい。では、ごめん」

佐治は左衛門の手を振りほどき、小刀の切っ先を自分の腹に突き刺そうとした。

文史郎は土間に飛び降り、佐治の腕を捩《ね》じ上げた。

「待てといったら、待て。分かった。参ろう。おぬしの若殿にお目にかかろう」

「ほんとうでございますか」

佐治の顔がぱっと明るくなった。

「武士に二言《にごん》はない」

文史郎は佐治の手から小刀をもぎ取った。

佐治は飛び退き、戸外に出て、平伏した。

「ありがたき幸せ。かたじけのうございます」

佐治は戻された小刀を鞘《さや》に納め、着物の前を閉じて、身仕度を整えた。

「では、さっそくに、若君のところへご案内いたします。表に駕籠を待たせてあります」

「手回しがいいのう」

文史郎は左衛門と顔を見合わせた。左衛門は頭を振った。

「殿、ま、行くだけいってみましょう」

いつの間にか、隣近所のおかみさんや旦那衆が戸口の周りに集まっていた。

「お殿様、でえじょうぶでやすかい？」

「何があったんだい？」

暗がりに隣のお福《ふく》や亭主、さらにはお米《よね》夫婦の心配気な顔が見えていた。

長屋の住人たちが、がやがやと騒いでいる。

大門が笑いながら立ち上がり、大声で長屋の住人たちにいった。

「皆の衆、心配いたすな。なんでもない、なんでもない」

三

文史郎たちが案内されたのは、神田川の畔《ほとり》に建った瀟洒《しょうしゃ》な料理茶屋「若杉《わかすぎ》」だった。

「若杉」は大商家の旦那衆や大藩の留守居役などが、お忍びでよく使うと噂されている料理茶屋として知られていた。

駕籠を降りた文史郎は、佐治、左衛門と大門を従え、料理茶屋の暖簾《のれん》を潜った。

店の中には、無数の行灯《あんどん》が並び、明るく式台《しきだい》を照らしている。

「ようこそ、いらっしゃいました」

女将《おかみ》がこぼれるような笑みを顔に浮かべ、文史郎たちを迎えた。

「さあさ、お上がりくださいませ」

店の式台には美形の仲居たちが揃い、文史郎たちに頭を下げた。

文史郎は目尻を下げ、左衛門の脇腹を肘《ひじ》で突っ突いた。

「こりゃいいのう」

「殿、抑えて抑えて」

「分かっておる」

文史郎は左衛門にうなずいた。

大門もいつになくにやけていた。

左衛門は頭を振った。

「おふたりとも、これしきのことで、だらしない」

「女将、よろしう頼む」

佐治が女将に目配せした。

「はいはい。お連れ様がお待ちかねでございます。では、こちらへどうぞ」

女将は佐治がそれ以上、何もいわずとも、何もかも心得ている顔で、文史郎をさっそく二階への階段へ案内した。

二階の廊下にも、行灯が並び、あたりに明るい光を投げかけている。

廊下の両側には、障子戸に仕切られた部屋があった。そのうちの一間《ひとま》に蠟燭《ろうそく》の灯が点《つ》けられ、ほんのりと障子戸が明るくなっている。

ぼそぼそと話す人の声がきこえた。

女将は廊下に座り、障子戸の内に声をかけた。

「お客様がお越しになられました」

「おう。お越しになられたか」

障子戸が開くと同時に、二人の武家のうち、一人がさっと膝行《しっこう》して部屋の隅に退いた。

二人は膳を挟んで酒を酌《く》み交わしていた様子だった。

床の間を背にした一人は身形《みなり》や着物から、件《くだん》の徳川匡時と見られた。

部屋の隅に膝行して下がった侍は、警護の小姓《こしょう》らしい。暗がりの中でも、見るからに精悍な顔が窺える。全身から剣気を発していた。

田安徳川匡時と見られる武家は座り直し、居住まいを正した。

「女将、しばらく人払いを」

佐治が女将に囁《ささや》いた。

「かしこまりました。お話が終わりましたら、御呼びください。お酒やお料理をお運びいたします」

「うむ」

女将は障子戸を閉めた。廊下を去っていく気配がした。

佐治が小声でいった。

「若殿、剣客相談人の大館文史郎様と御家来衆をお連れいたしました」

「爺、大儀だったのう」

匡時はじろりと柔和な目を文史郎に向けた。

この方が田安家の御曹司で、将軍の身になにかあった場合、その座を継ぐことになるかもしれないお人なのか、と文史郎はやや緊張を覚えた。

部屋の隅に控えたお小姓の羽織袴姿と違い、匡時は浴衣姿でくつろいでいる。

年格好から見て、匡時は文史郎とさほど年は離れていない。もしかすると、同じ年齢かもしれぬと文史郎は親しみを抱いた。

左衛門と大門が文史郎の背後に並んで控えた。

「若月丹波守清胤殿、いや、いまは相談人と御呼びしたらいいのか、ともあれ、それがしの私事についての相談で、御呼び立ていたし、まことに申し訳ない」

若殿は笑みを浮かべながら軽く会釈した。

「それがしについては、佐治からすでに聞き及んでおろうが、匡時と申す。以後、よろしくお願いいたす」

文史郎は匡時の前に座り、平伏した。

「匡時様には、初めてお目見得《めみえ》させていただきます。拙者は、いまは隠居の身、名も若月丹波守清胤ではなく、ただの大館文史郎と申します」

「そうか。若くして隠居か。うらやましい。さぞ、藩主であるときよりも、はるかに気が楽であろうのう」

匡時は腕組をし、微笑んだ。

「気が楽ではありますが、それなりに、いろいろ気苦労もあります」

「佐治からきいたが、相談人をやっておるとのこと。どういう仕事かのう？」

「はい。世のため人のため、よろず揉め事相談承《うけたまわ》りますという商売にございます」

「よろずというのは、これまで、どのような相談を受け付けたのだ？」

「某藩の殿様の影武者になったり、商家の用心棒、果ては迷子猫を探したり、狐憑《つ》きになった娘を正気に戻したりと、それはそれは多岐にわたっての相談事でございます」

「ははは、おもしろそうだのう」

　匡時は傳役の佐治と顔を見合わせて笑った。

「しかし、引き受けた者としては、どんな仕事も疎《おろそ》かにはできぬので、気が抜けず、いつもたいへんに苦労いたします」

「なるほど。そうであろうな。相談を持ちかける方は、それこそ切羽《せっぱ》詰まって、貴殿たちにお願いいたすのだからのう」

「さようでございます」

　文史郎は畏《かしこ》まった。いよいよ、匡時が本題に入るだろうと思った。

「ところで、それがしの願いも、切羽詰まってのこと。よくぞ、相談を引き受けていただいた。心から……」

「匡時殿、お待ちを。まだ、それがしは、相談事を引き受けたわけではございませぬ」

　文史郎は臆せずにいった。

　ここは簡単に譲ることができぬところだ。

「な、なんと、いかがなことだ？　爺」

　匡時は脇に控えた佐治を振り向いた。

「若殿、申し訳ございませぬ。まだ、相談人殿からは、色よいご返事を頂いておらず、こちらにお連れした次第にございます」

　佐治は手拭いで汗を拭き拭きいった。

　匡時は文史郎に向き直った。

「大館殿、どうして、それがしの相談事を引き受けてくれぬのだ？　理由をきかせてくれまいか」

　文史郎は覚悟を決めていった。

「お引き受けできぬ理由は、三つあります」

「ほう。いかな理由か？」

「一つには、御三卿の田安家の嫡子である匡時様が、惚れた花魁を吉原から請け出そうなどということは、天下の御世道《ごせどう》に反する御乱行《ごらんぎょう》でござります。いつ何時、将軍の座に就くかもしれぬ身分の御方がなさることにあらず、と申し上げましょう」

さすがに匡時はむっとした顔で、文史郎を睨んだ。

「相談人殿、若殿に向かって、なんということを申される。ことと次第によっては……」

佐治が膝を進めようとした。

匡時は手で佐治を制した。

「爺、まあ待て。大館殿の話は終わっておらぬぞ。そして、二つ目の理由は?」

「百歩譲って、それが許されることとして、自らの恋路の始末を、自ら先頭に立っておやりにならず、相談人の我らにやらせようとは、武士たる者、恥ずかしいと思われませぬのか?」

「むむむ」

匡時の顔に青筋が立った。

「あえて、申し上げましょう。天下人なら、正正堂堂、請け出すことをお考えになればよし。それが御立場上できぬのなら、花魁をあきらめるべきでありましょう。あるいは、潔《いさぎよ》く、そのような御立場を御捨てになられよ。そして、花魁を請け出されればよかろうかと」

佐治は顔を真っ赤にして怒鳴った。

「相談人殿、なんたる暴言。若殿ができぬことだから、貴殿たちにお願いしたいと申し上げたのではないか。それを知りながら、若殿に向かって、なんと無礼な。許せぬ……」

「爺、黙れ。いちいち口を出すな」

匡時は顔色を変えたが、必死に怒りを抑えている様子だった。

部屋の隅の小姓が静かに動き、大刀の柄《つか》に手をかけていた。

文史郎はふと両側の部屋から、ただならぬ殺気が放たれるのを感じた。

どちらの部屋にも、警護の者が控えている。万が一の場合、匡時を守るための御側衆に違いない。

大門も左衛門も、気配に気付き、片膝立ちになって備えている。

「まだ大館殿の話は終わっておらぬ。それで、第三の理由とは、なんだ？」

「忘れました」

「な、なんと忘れただと？」

匡時は面食らった顔をした。

「はい。拙者、あまりに激していいたいことを申し上げるうちに、ふと三つ目の理由がどこかに吹き飛んでしまい、忘れてしまいました」

　文史郎は自らの頭をこんこんと叩いた。

　匡時は呆気に取られ、文史郎の顔を凝視していたが、ふと顔を綻ばせて笑い出した。

「ははは。大館殿、よくぞ申した。痛いところを、ずけずけと遠慮なしに申してくれたな。いささか腹は立つが、その通りだ。誉《ほ》めて遣わそう。天晴《あっぱ》れ天晴れ」

「お誉めいただきまして、かたじけのうござる」

　文史郎は頭を下げた。

　匡時はさっきまでの怒りの表情を忘れたように拭い去り、文史郎に微笑みかけた。

「よくぞ、いってくれた。余の家臣には、残念ながら、おぬしのように正面切って忠告してくれる者はおらなんだ。いたく感服した」

「御家中の人たちが、きっと心の中で、そう思っておることを、拙者があえて申し上げたまで。匡時殿が御家中の者に胸襟《きようきん》をお開きになれば、きっと諫言《かんげん》してくれる忠臣が出て来ましょう」

「うむ。そう願いたいところだ。それがないのは、偏《ひとえ》にそれがしの人徳の無さに尽きようのう」

匡時は溜め息をつきながら、自嘲の笑いを頬に浮かべた。

文史郎は、ふと匡時に同情を覚えた。

天下の御世道を無視し、家臣たちの危惧に耳を傾けず、吉原遊びに入れ揚げたあげく、惚れた花魁を請け出そうとする我儘《わがまま》な若殿とばかり思っていたが、どうやら、人の忠告や批判に耳を傾ける度量はあるらしい。

廓遊びにうつつを抜かすのは、奥方や側室との間がうまくいっていないからではないか。もし、奥方や側室との仲がうまくいってさえすれば、いくら匡時が女好きであったとしても、廓の花魁に入れ揚げることはないだろう。

花魁霧壺との間に、どのような交情があったのかは知らないが、奥方や側室との間ではなかった情のつながりができていたに違いない。

将軍家の御三卿という地位や身分を捨て去ってもいい、と思わせるような霧壺とは、どんな傾城《いいおんな》なのか？

文史郎は、心の中に霧壺への興味がむくむくと湧いてくるのを抑えることができなかった。

「相談人殿、どうしても、我が依頼を受けてはくれぬようだな」

「申し訳ありません」

「うむ。仕方ないのう。これも、余の身から出た錆《さび》だ。自分で始末せねばのう」

「畏れながら、それが一番かと」

「うむ」

匡時は哀しそうに力なく頭を振った。

「相談をお引き受けしないのに、こんなことをおききしてはなんですが、お相手の花魁霧壺について、どのような女子《おなご》なのか、おきかせ願えませぬか？」

「…………」

「どのようないきさつで、花魁を身請けしようと思ったのか、お話をおききしようと思っていたのですが」

匡時はじっと文史郎を見入った。

「佐治又衛門は、大館殿になんの事情も申してなかったか？」

匡時は佐治又衛門を振り向いた。

「は、何も話してありません。まずは、若殿の依頼をお引き受けしていただけるか、どうかが先決でしたので」

佐治は慌てた様子でいった。匡時は渋い顔をした。

「それでは相談の中身を教えていないではないか。事情を知らねば、大館殿が相談を断るのは当たり前ではないか」

「は、しかし、ことがことですので」

「口入れ屋の権兵衛とやらには、まさか事情を話してあるまいな」

「はい。権兵衛にはまったく話してありません。ですから、大館殿に事情は伝わっていません」

匡時の顔が明るくなった。

「そうだったのか」

「いったい、どういうことですか、その事情というのは?」

文史郎は訝った。

佐治が慌てていった。

「若殿、まだ大館殿は、依頼を引き受けておりませぬ。なのに事情をお話しするのは……」

「爺、構わぬ。相談人の大館殿たちを信用するしかあるまい。事情をすべてお話しせねば、大館殿が引き受けてくれることはあるまい」

「何か事情があるということですか?」

文史郎は訊いた。

「うむ。余が花魁霧壺を請け出そうと考えたのは、余が霧壺に惚れておることとは別に、深い事情があるからなのだ」

「どのような？」

「それをきかせる。その上で、いま一度、相談を引き受けてくれぬかどうか、返事をしてくれぬか」

匡時は真剣な面持ちで文史郎に向かった。

文史郎はじっと匡時を見つめた。

「いいでしょう。その事情をおききし、ことと次第によってはお引き受けします。あるいは、やはり、とお断りするかもしれません」

「よかろう。考え直してくれるだけでいい。それに、おぬしの忌憚《きたん》のない意見もききたい」

匡時はほっと張り詰めていた息をつき、徐《おもむろ》に話しはじめた。

文史郎は、その話に思わず膝を進めて聞き入った。

四

匡時は土間に降り立つと、素早く黒頭巾で顔を隠し、式台の文史郎に軽く会釈をした。

「では、御免」

「…………」

文史郎は無言で匡時に会釈を返した。

匡時は佐治と供侍たちに警護され、「若杉」の玄関先から表の暗い闇に姿を消した。

見送りに外に出ようとした女将や仲居たちは、供侍たちに戸口で止められた。

「お忍びだ。見送り無用」

式台で匡時たちを見送った文史郎は、腕組をした。

「殿、結局、お引き受けなさいましたな」

隣に座った左衛門が溜め息混じりにいった。

「事情をきけば、致し方あるまいて」

「ま、そうではございますが」

「殿、爺さん、まだ酒や食い物が残っておりますぞ。飲み直しをやりましょうや」

　大門が陽気な声を上げた。

　女将がにこやかに文史郎にいった。

「そうなさいまし。まだ宵の口にございます。さあ、座敷に御戻りになって」

「さあさ、皆さん、お二階へ」

　仲居たちも賑やかに声をかける。

「そうするか」

　文史郎は女将たちの誘いに乗り、左衛門を従え、階段を登ろうとした。

「もし、お殿様」

　廊下の奥の暗がりから権兵衛が、のっそりと姿を現した。

「おう、権兵衛、まだいたのか」

「はい。お殿様たちをこちらへご案内したのはいいが、徳川匡時様と話がこじれ、刃《にん》傷沙汰《じょうざた》にでもなったら、と帰るに帰れず、女将に頼んで別室でお待ちしていたのです」

「おう、そうか。ちょうどいい。おぬしに相談したいことがある。座敷で、いっしょに酒を飲もうではないか」

「ありがとうございます。では、私もご相伴《しょうばん》させていただきます」

権兵衛は揉み手で愛想笑いをした。


「それで、お殿様は匡時様のご依頼をお引き受けなさったのですか?」

権兵衛はお銚子を文史郎の盃に注ぎながら尋ねた。

「うむ。一応引き受けた」

「そうでございましたか。それはそれでようございますが……」

権兵衛は複雑な表情をした。

権兵衛としては、文史郎が相談を引き受ければ、依頼人からの謝金のうち一割〜三割の手数料が懐に転がり込む。

うれしいのだが、このたびの匡時の依頼は、御法度に触れる相談事で、剣客相談人たちの身が危なくなる。

痛し痒しの話なのだ。

「だが、権兵衛、強引に霧壺を吉原から拉致したりするといったたぐいの御法度を犯すようなことは引き受けていない」

「さようですか。それはよかった。そうでございますよねえ。いくらお金を積まれても、悪事に手を染めるのはいけない。安心して枕を高くして眠れませんからな。よかった」

権兵衛はほっと安堵の息をついた。

左衛門が鯛の身を箸でほぐしながらいった。

「しかし、殿、霧壺を調べるといっても、敵もさるもの、容易ではありませぬぞ」

「ううむ」

文史郎は盃の酒を干しながら唸った。

「そう。殿が霧壺とねんごろになり、同衾《どうきん》するぐらいの仲にならなければ、分かりませんぞ」

大門が湯呑み茶碗の酒をぐいっとあおりながら、にんまりと笑った。

左衛門もうなずいた。

「それは難しいこと。吉原で一、二を競う花魁ですぞ。そう簡単には、殿になびくものではありません」

「だが、殿が引き受けた以上、やってみるしかありませんがな。拙者、よろこんで御供しましょう」

大門がお銚子を振りながら、中身が残っていないかどうかを確かめた。

「大門殿は吉原で遊ぶことだけを楽しみにしておるのでしょう。困ったお人だ」

左衛門は嘆いた。

権兵衛は笑いながら、文史郎に尋ねた。

「いったい、霧壺の何をお調べになろうというのです？　私にもおきかせください」

「うむ。おぬしが持って来た相談だからな。若殿から頼まれたことをおぬしにも知ってもらっておいた方がいい。ただし、当然のことだが、他言無用だぞ」

「心得ております。私は口が堅いことで有名な口入れ屋でございますからね」

「爺、誰もきいておるまいな」

文史郎は座敷を見回した。

大事な話が終わるまで、人払いをしてある。

「はいはい。しばしお待ちを」

左衛門はよっこらしょと声を出しながら立ち上がった。

障子戸を開け、廊下に人がいないのを確かめた。

ついで、両隣の部屋を覗いた。

「誰もおりませぬ」

「うむ。よかろう」

文史郎は権兵衛に顔を寄せた。

「実はな。匡時殿が、なぜ霧壺を身請けしたい、と言い出したのか、その事情が分かったのだ」

「なんだったのです？」

「霧壺が身籠《みご》もったというのだ」

「なんと。匡時様の子種をですか？」

権兵衛は顔を強《こわ》ばらせた。

「霧壺が手紙でそう知らせて来たそうだ」

「ううむ」

権兵衛は頭を振った。

「ほんとうに匡時様の子種を身籠もったのですかね？」

「匡時殿もほんとうに己の子なのかと疑っておられる。だが、一方で霧壺を信じているし、信じたいとも願っているというのだ」

権兵衛は頭を振った。

「遊女は馴染みの客に、そういった類《たぐい》の手紙を送るものですがねえ。紋日《もんび》などに、馴染み客に来てほしいために、よく使う手ですよ」

「それがしも、遊女の手管《てくだ》ではないか、と匡時殿に申し上げたのだが、匡時殿は、いや霧壺に限って嘘はつかぬ、というのだ」

権兵衛は頰を崩して笑った。

「いくら廓一の花魁だとはいえ、遊女ですからなあ。遊女に真《まこと》を求めるのは無理な話。それを承知で、色恋を楽しむのが廓の習わしでございますからねえ。私は、その話、信じられませんな」

「権兵衛もそう思うだろう？　それがしも、匡時殿には、そう申した」

「匡時様は、なんとお答えになられたのですか？」

「匡時殿も思い当たるところはあるらしい。だが、霧壺のいうことを信じているものの、まだ直接霧壺に会ってきいたことではないので、代わりにそれがしに調べてほしいらしいのだ」

「だいたい、お殿様っていうのはこと色恋事にかけては初心《うぶ》ですからな。すぐに騙される。……いえ、お殿様のことではありませんよ」

権兵衛は慌てて手を振って否定した。

文史郎は笑いながらうなずいた。

「分かっておる。それがしも、その手のことは、正直いって初心だと自覚しておる」

大門が大口を開いて笑った。

「そうですそうです。殿、そういう色恋の話は、拙者にお任せを。百戦錬磨《ひゃくせんれんま》のそれがしが指南いたしましょうぞ」

左衛門が呆れた顔で諌《いさ》めた。

「大門殿、大口を叩いて。あとで泣きを見ても知りませんぞ」

文史郎は笑いながら話を続けた。

「匡時殿は霧壺が身籠もった子は、ほんとうに自分の子種か否かを確かめてほしい、というのだ」

「そんなことを、どうやって、確かめるというのでございますか？」

権兵衛は目をしばたたいた。

文史郎はうなずいた。

「それがしも、そんなことはできないと申し上げた。こうしたことは、直接、ご自分で霧壺に会い、真偽を確かめるが一番手っ取り早い、ともな」

「そうですとも。しかし、どうして、匡時様は、そうしないのですか？」

「そうしたいのもやまやまなのだが、できない事情があるというのだ」

「どのような事情で？」

「つまり、こうだ」

文史郎は匡時からきいた事情を掻《か》い摘《つま》んで権兵衛に話しはじめた。

匡時の父で、田安家第三代当主の斉匡は、たいへんな艶福家で、正室以外にも側室を七人も持ち、大勢の子女を生ませていた。

斉匡は正統な嫡子である匡時にも、家督を継ぎ、田安家第四代当主となるため、正室以外にも何人もの側室を持って、大勢の子女を生ませるようにと命じた。

匡時の母裕宮《ひろのみや》貞子《さだこ》女王は閑院宮《かんいんのみや》美仁《はるひと》親王の娘だったが、父斉匡と政略結婚させられ、匡時を産んだ。

匡時は、母が父斉匡が大勢の側室を持っていて、母のことをあまり顧みないのを、いつも嘆き悲しんでいる姿を見て育った。

匡時には親が決めた正室がいたが、まだ十二歳で、あまりにも幼なすぎ、少しも愛情を覚えなかった。

同衾することもほとんどなく、夫婦の間は冷えきっていた。

側室も何人かいたものの、いずれも親か家臣が用意した女たちばかりで、好みに合わず、ただ子作りに励むようにいわれても、匡時にとって苦痛でしかなかった。

家中には、匡時は夕ネなしか、という噂が巡り、匡時はさらに落ち込んだ。

鬱々として日々を過ごす匡時の様子に心を痛めた家老の一人が、匡時の無聊《ぶりよう》を慰めようと、お忍びで吉原遊廓に連れて行った。

吉原遊廓の遊女のもてなしを受ければ、匡時にとって回春にもなるのではないのか、というのが家老たちの目論見《もくろみ》だった。

そこで匡時が逢ったのが、吉原遊廓で一、二を競う花魁の霧壺だった。

はじめは花魁など、いくら美人といえど、所詮《しよせん》遊女と侮《あなど》っていた匡時は、一目霧壺を見て、その洗練された美しさと、優しい仕草、己以上に豊かな教養を身につけているのを知り、たちまち霧壺に惚れ込んでしまった。

匡時の廓通いは頻繁になり、家老たちの思惑を越えて匡時の廓遊びは過熱していく。匡時は霧壺に入れ揚げ、馴染みとなると、毎回、湯水のように吉原に金をばらまくようになった。

いくらお忍びで通っているとはいえ、次第に、田安徳川家の御曹司が吉原の花魁に入れ揚げているという噂が巷《ちまた》で評判になり、とうとう幕府の耳に入ることになった。

幕府のお目付役から、匡時の遊廓通いを知らされた父斉匡は激怒し、匡時や家老たちを呼び付け、みんなの前で、匡時に対し、以後吉原に一切出入り罷《まか》りならぬと謹慎を申し渡した。

これが三カ月前の弥生《やよい》（三月）のこと。

当主である斉匡の命令は重い。屋敷に謹慎した匡時は、父の怒りが解けるまで、しばらくの間、吉原には行けない、という手紙を家来に託して、霧壺に届けさせた。

匡時を慕う霧壺の文が寄せられ、その都度、匡時も返信を書いた。

逢えない恋ほど、かえって恋の炎は燃え上がる。

匡時が悶々とした毎日を過ごすうちに、ある日届いた霧壺の文に、身籠もっていることが記されていた。

廓の医師によれば、お腹の子は三月《みつき》になるという。

思い起こせば、三月前といえば、父斉匡に吉原通いを知られ、近く吉原への出入り禁止を言い渡されると分かった最後の夜、匡時は一晩中、霧壺を抱いて別れを惜しんだ。

そのときに霧壺は身籠もったらしい。

匡時は、その知らせに狂喜した。

己はタネなし男にあらず。

その証拠に霧壺を身籠もらせた。

だが、家臣たちは、匡時に耳打ちした。

霧壺は遊女であり、ほかの馴染み客との付き合いがある。万が一にも、霧壺が身籠もったのは、ほかの馴染み客の子種かもしれないと。

家臣たちに諭された匡時は、冷静さを取り戻し、霧壺にお腹の子はほんとうに自分の子なのか、という疑問を書き付けた。

霧壺の返し文は、怒りに満ちた厳しい内容のものだった。

「吉原女郎にも、いったん操《みさお》を立てた男を裏切るようなことはしない、という意地があります。

もし、霧壺の不義をお疑いなさるなら、二度と再び、吉原へお越しにならぬように。以後、付け文も無用にございます。

霧壺はたとえ一人になっても、ぬしの御子を立派に御育てする覚悟にございます」

とあった。

それから、匡時が何度文を送っても、霧壺からの返し文は来なくなった。

匡時の意を受けた家来が代理人として吉原の霧壺を訪ねようとしたが、けんもほろろに追い返された。

匡時は、思い余って、お忍びで吉原を訪ねようとしたが、家老たちに止められた。

もし、匡時が禁を破って吉原を訪ねたことが当主斉匡の知るところとなったら、匡時は勘当される。さらに、幕府からも厳しい処分が出されるだろう、というのだった。

どうしても霧壺をあきらめきれない匡時は、吉原に行けないのなら、霧壺を吉原から足抜きさせるしかない、と考えるようになった。

足抜きさせる方法はふたつ。

一つは、匡時が家来たちに命じて、力ずくで霧壺を救い出し、足抜けさせる。

しかし、この方法は、強引に過ぎ、双方に血が流れるだろうし、連れ出しに成功しても幕府の逆鱗《げきりん》に触れかねない。

もう一つの方法は、お金を払って、霧壺を身請けする。

こちらの問題は、匡時が霧壺を身請けするには、莫大なお金がかかること。

血は流さずに済むが、これまた、もし、父斉匡に知られたら、匡時の勘当は免れないだろう。

さらに、田安家の御家断絶にもなりかねない。

そうした危険を避けるには、匡時とは別人に霧壺を身請けさせ、廓から出させて住まわせる。

父斉匡の怒りが治まるのを見計らい、あらためて匡時が、その男から霧壺を請け渡してもらう。

これが匡時の考えた穏便で、唯一実現しそうな足抜きの計画だった。

相談人には、匡時の身代わりとなって、霧壺を請け出してほしい。

それが、相談のほんとうの中身だった。

「なるほど。そういう事情だったのですかい」

権兵衛は納得した様子でうなずいた。

文史郎は続けた。

「しかし、これには、まだ肝心なことが三つ抜けておる」

「なんでございやしょう？」

「一つは、肝心の霧壺が、匡時殿に身請けされるのを望んでいるか否か、だ。本人が望んでいなければ、いくら身請け話を持ちかけても、首を縦に振らないだろう」

「なるほど。二つ目はなんですか？」

「霧壺が身籠もっていたとして、ほんとうに匡時殿の子種を胎んでいるのか否か。もしかして、実はほかの馴染み客の子を宿しているのかもしれない。そうなったら、身請けさせた匡時殿は、とんだ笑い者だ」

「確かに、その危険はありましょうな。なにしろ相手はしたたかな遊女でございますからな」

権兵衛は頭を振った。

「三つ目はなんでございます？」

「万事、うまくいったとしても、はたして田安家当主の斉匡殿の怒りが納まる保証はないことだ」

「なるほど、そうでございますな。もし、斉匡様のお怒りが納まったとしても、今度は身請けした花魁の霧壺を、匡時様が再度身請けして所帯を持つのを、はたして斉匡様がお認めになられるかどうか」

「そうなるとどうなる？」

「匡時様の代わりに、別の世子を嫡子に立てようという動きが出て来て、田安家は御家騒動になりかねないということに」

「そうなのだよ」

文史郎は左衛門や大門と顔を見合わせた。

「しかし、悪い方向ばかりを考えてもはじまらない。まずは、匡時殿は、それがしに霧壺に会ってほしい、というのだ。そこで、霧壺の本心を探り出してほしい、とな」

「そういうことでしたか」

「それで、権兵衛に頼みだ。金は匡時殿が家来に用意させる。それがしたちを、吉原遊廓に連れて行ってほしいのだ」

「ええ？　吉原にはおいでになったことがないのですか？」

権兵衛は驚いて目を丸くした。

「恥ずかしながら、ない」

「拙者もない」大門も頭を振った。

「爺もさほどは……」

「ようござんす。喜んで、吉原遊びに、お殿様みなさんをお連れいたしましょう」

「頼む」

文史郎は権兵衛にうなずいた。

左衛門が頭を振った。

「殿、ほんとうに、いいのですか？」

「いい。まずは、花魁霧壺に逢いたいと思ってな」

「ようし、決まった」

大門が手を打った。

「さ、殿、女将たちを呼びましょう。吉原へ繰り出す前祝いだ」

「やれやれ」左衛門は頭を振った。

「おーい、酒だ。酒を持って参れ」

大門は階下に怒鳴った。

「はーい。ただいまお持ちします」

女将の明るい声が返った。

第二話　吉原見参《けんざん》

一

吉原は七夕《たなばた》祭りで賑わっていた。

それぞれの妓楼ごとに、青々とした竹が立てられ、五色の短冊《たんざく》や真っ赤なほうずき、派手な色遣いの扇《おうぎ》が吊され、風に揺れている。

着飾った禿《かむろ》たちが竹の周りに群がり、手にした短冊を枝に括り付けている。

文史郎は引手茶屋《ひきてぢゃや》「山口巴《やまぐちともえ》」の二階から、仲之町《なかのちょう》を行き交う人の混雑を眺めた。

陽はだいぶ西に傾き、それとともに大川の方角から風がそよぎはじめた。

風鈴《ふうりん》が涼しげな音を立て、竹に飾られた短冊や扇が風にざわめいている。

文史郎は落ち着かなかった。

権兵衛には、つい照れから、吉原には来たことがないと嘘をついてしまったが、初めてではない。しかし、吉原を訪れるのは、ほんとうに久しぶりだった。

藩主になってからは、正直、一度も廓に足を踏み入れていない。一万八千石の貧乏藩だったから、いくら藩主であっても廓遊びをする余裕などなかった。

遊廓に足を踏み入れたのは、部屋住《へやずみ》時代の若いころだった。同様な部屋住仲間たちと連れ立って、二、三度遊廓で遊んだ程度だ。

みんな、十分な金があるわけではなし、敵娼《あいかた》もたいがい座敷持《ざしきもち》か部屋持《へやもち》の遊女で、大籬《おおまがき》の呼び出しの花魁はとても手が届かぬ高嶺《たかね》の花だった。

花魁を見る機会もほとんどなく、あっても、せいぜいが、お大尽の馴染み客を迎えに仲之町を道中して練り歩く、雅《みや》びな花魁の姿を遠目に眺めただけだった。

「…………」

左衛門と大門甚兵衛は、ひそひそと話をしながら、時折笑い合ったりしている。その二人とも、いつになくそわそわしていた。

どこからか賑やかな三味線を掻き鳴らす清掻《すががき》が鳴り響いて来る。

遊女たちの見世張りに景気を付け、籬を覗いて巡る客たちの心を弾ませる音だ。

それほど待つこともなく、階段を上がる足音がして権兵衛と、茶屋の女将が愛想笑いを浮かべながら現れた。

「ようこそ、いらっしゃいました。お殿様、御供の皆さま」

女将といっしょに部屋に入った権兵衛は、浮かぬ顔をしていた。

どうやら、交渉はうまくいかなかったらしい。

馴染みでもない、ただの一見《いちげん》の客が引手茶屋に上がり、いま廓で人気の花魁に会いたいといっても、すぐにその願いがかなえられることはない。

権兵衛から、事前にそうとはきかされていたが、あたって砕けろだ、まず申し入れてみないことには、何が起こるのか分からない。

「さきほど、お殿様のご要望を権兵衛様からいろいろおききしました。ほんとうに申し訳ございません。本日は、廓あげての七夕の紋日《もんび》にございます。御指名になられている霧壺さんはもちろんのこと、いずれの花魁もお馴染みのお客様に一日囲われておりまして、あいにくですが、ご挨拶できませせぬ。どうぞ、今日のところは、廓名物の七夕祭りをご覧いただきますよう、ご容赦をお願いいたしまする」

さすが廓一番の引手茶屋「山口巴」の女将だけのことはある。

たとえ客の願いが無理であると断るにしても、無下《むげ》には断らず、できるだけ、お客の気持ちを大事にしようというおもてなしの心得がある。

「さようか。七夕の紋日となれば、人気の花魁は馴染み客のお相手で終日軀《からだ》が空くことはないであろうの」

「はい。なにせ、年に一度の牽牛《けんぎゅう》織女《しょくじょ》の逢瀬《おうせ》の日にございます。この日に、お馴染み客が一人もいないような織女はおりませぬ」

女将は微笑み、袖でお歯黒《はぐろ》の口を隠した。

まして、吉原一の噂が高い花魁霧壺である。馴染み客のお大尽は何人もいる、ということだ。

「今日、霧壺を独り占めにした幸せ者は、いったい、どなたかな?」

女将は少し言い淀んだ。

「隠しても、すぐにお分かりになるでしょうから、申し上げますが、越後屋《えちごや》さんにございます」

「もしや若旦那の余之助《よのすけ》さんが?」

権兵衛が尋ねた。

「いえ。大旦那様です」

「金兵衛《きんべえ》さんが?」

「はい」

「それは、それは、大旦那様は、お元気なことで」

権兵衛は文史郎の顔を見た。

文史郎も、越後屋の大旦那金兵衛については聞き覚えがある。

越後屋といえば大店中の大店。その大旦那の金兵衛は、越後屋全店を仕切っている総元締めである。

金兵衛は齢《よわい》六十、いまも江戸で一、二を争う商売上手の大商人だ。

苦労人にしては遊び慣れており、金払いもいいので、粋筋《いきすじ》では評判がよかった。

いまも金に飽《あ》かして、何人もの妾を囲っているという噂だった。

文史郎は、これは容易ならぬことだぞ、と思った。

おそらく、越後屋の金兵衛も、金を積んで、霧壺を身請けしようとしているのだろう。

女将は微笑みながら文史郎に尋ねた。

「お殿様は、廓は初会《しょかい》だとおっしゃっておられるのに、よりによって松葉屋の霧壺さんを御指名になったのは、なぜでございますの？」

「霧壺は吉原一の花魁ときいた。初会で逢うなら、その霧壺とやらにお目にかかりたい。そう願ったわけだ」

「そうでございますか。吉原には、松葉屋の霧壺さんに勝るとも劣らない花魁がほかにもおりますが。たとえば、丁字屋《ちょうじや》の高幡《たかはた》さんとか、扇屋《おうぎや》の華扇《はなおうぎ》さん……とか」

「余は、ぜひとも、その松葉屋の霧壺に逢いたくて参ったのだ。ほかの花魁に興味はない。女将、今日とはいわぬ、ぜひとも、その霧壺に逢えるよう、取り計らってくれまいか」

女将は困った顔をした。

「そうでございますか。分かりました。松葉屋にお話しておきましょう。でも、当の霧壺さんが首を縦に振るかどうかですので、もしかして、断られることもあります。そのことは、お含みおき願いたいのですが」

「一目逢うだけでいい。初会で断られれば、それはそれ。余に女運がなかったと思ってあきらめよう」

女将は頭を振った。

「なにしろ、霧壺さんは気が強くて、我儘なところがありましてね。好き嫌いがはっきりしているのです。自分というものを持っていらっしゃるからでしょうが。旦那様たちは、そんなところがまた可愛いくていいとおっしゃるのですが」

「ほう。霧壺は気が強くて、我儘というのかね。余も、そういう女子がいいのう」

「まあ、お殿様も、そうでございますか」

女将は可笑《おか》しそうに笑い、口元を袖で隠した。

「ともあれ、霧壺に逢えぬとあれば、本日はあきらめてゆるりと帰るとするか」

文史郎は左衛門に目配せした。

「殿、せっかく吉原へ来たのですから、いましばらく楽しんでから帰りましょう」

大門が慌てていった。

「そうでございますよ。お殿様、本日はせっかくの七夕祭り。どうぞ、振袖新造《ふりそでしんぞう》でも相手に、お酒やおいしい料理を召し上がりながら、ゆるりとお過ごしなさいませな」

「そうそう。殿、そうしましょうぞ」

大門が我が意を得たりという顔をした。

「うむ。では、爺、そういたすか」

「殿が、そういうお気持ちならば」

左衛門は不承不承《ふしょうぶしょう》という格好をつけながらうなずいた。

女将は如才無《じょさいな》くいった。

「では、今日は、どちらかの妓楼にお上がりになられてはいかがでしょう？」

「殿、そうしましょう。せっかく参った以上、少しは女子の酌でお酒を飲みたいものですからな」

大門がにこやかに笑った。

権兵衛がおずおずといった。

「女将、本日は、名物の花魁道中があるのでしょう?」

「はい。ございます。まもなく、花魁がこちらに馴染み客を迎えに参ります」

文史郎はうなずいた。

「それを見物するのも一興だのう。わしらも外に出て見物するとするか」

権兵衛が訊いた。

「女将、松葉屋の霧壺も道中するのかい」

「そうでございますね。もしかして、霧壺さんも道中をご披露するかもしれません」

「せめて、一目だけでも道中する霧壺を拝見いたそう」

文史郎は左衛門や大門の顔を見回した。

二

陽が傾き、やや薄暗くなった仲之町は、行灯の灯が点されはじめた。

仲之町には、七夕飾りを吊した竹竿が競うように並んで、見物人の目を楽しませていた。この日ばかりは吉原は一般に開放され、普段入れぬ女や子供も見物することができる。

花魁道中は、江戸町《えどちょう》一、二丁目や京町《きょうまち》一、二丁目から、引手茶屋で待つ馴染み客を迎えるためにやって来る。

すでに通りの両側には、老若男女の見物人たちが人垣を作り、花魁の道中が始まるのを、いまかいまかと待ち受けている。

文史郎たちも、引手茶屋の若い衆が設けてくれた縁台に座って通りの先を眺めていた。

「ほんとに縁日のような賑わいですなあ」

「お殿様、若い衆によれば、本日の道中では二番目に登場するのが、松葉屋の霧壺だそうですよ」

権兵衛が縁台の後ろから囁いた。

「おう。そうか」

匡時が一目見て惚れ込んだ霧壺とやらを、この目でじっくりと品定めしてやろう。

匡時は、盛んに霧壺の美しさを称賛していたが、所詮は霧壺も世間の女子《おなご》と変わりはあるまい。

文史郎は、女子を見る審美眼において、人に負けない自信があった。

奥の萩の方はもちろん、側室の由美も、側女《そばめ》の如月も、いずれ劣らぬ美形の女だった、と思う。

大瀧道場《おおたきどうじょう》の弥生《やよい》もまた若くて美しい女子だ。

いくら花魁の霧壺が楊貴妃のように美しいといっても、吉原という独特の世界にのみ通じる美しさに違いない。

おそらく匡時の目が、吉原の虚飾に惑わされ、曇ってしまったのだろう。

さあ、現れよ。

文史郎は盃の酒を飲みながら、道中が始まるのを待った。

やがて、江戸町一丁目の見物人たちからどよめきが上がった。そのどよめきの声が徐々に波となって仲之町に伝わってくる。

「始まりましたな」

大門が酒を湯呑み茶碗で飲み、髯だらけの顔を綻ばせながらいった。

「はじめに参るのが、扇屋の華扇とのことです」権兵衛が文史郎に囁いた。

「そうか。華扇か」

やがて扇屋の紋が入った箱提灯を掲げた見世番が仲之町の通りに現れた。見世番の若い衆に先導され、若い者の肩に片手をかけた花魁が三枚下駄を履き、八の字を描くように静々と歩んで来る。

簪《かんざし》を目一杯頭に挿《さ》した花魁は白塗りの顔を通りの見物客に向けて愛想を振り撒いている。

二人の可愛らしい禿が続く。

「華扇！」

「華扇さん」

通りから声援が飛ぶ。そのたびに、華扇は声の主《ぬし》の方に顔を向け、にこやかに笑った。

「ほう。さすが花魁だなあ。殿、聞きしに勝る美しさですなあ」

大門が感嘆の声を上げた。

左衛門も顔を綻ばせた。

「やはり、吉原一、二を競う花魁だけはある」

大門はうっとりした目で華扇に見惚れている。

「爺さん、それがしは、あの華扇でいい。文句はない。華扇の馴染みになりたいのう」

「大門殿がよくても、相手がなんといいますか。それに大門殿はお金の算段もできぬでしょうし」

「爺さん、夢だ。男の夢だ。華扇と一夜、床でしっぽりと過ごせたら、それがし、それ以上は何も望まない。夢だ」

大門は譫言《うわごと》を呟き、花魁の姿を目で追った。

禿たちのあとから、若い振袖新造や番頭新造《ばんとうしんぞう》がゆっくりと歩いて行く。

「爺さん、華扇でだめなら、せめてあの振袖新造でいい。なんとか、馴染みになれぬかなあ」

「大門殿、無理無理。あの振袖新造たちは、これから花魁となって花を咲かせる娘ですぞ。大門殿の手が届く女子ではありません」

左衛門は冷たく言い放った。

権兵衛が笑いながらいった。

「さあ、次の道中が参りましたぞ」

見世番の若い衆が松葉屋の紋の入った箱提灯を持って進んでくる。

見物客からどよめきが起こった。

見世番に続いて、華扇よりも一層煌《きら》びやかに着飾った花魁が姿を現した。

ゆっくりと八の字を描きながら、一歩一歩歩んでくる。

「霧壺だ」

「おう、さすが霧壺は綺麗だなあ」

見物客から溜め息が漏れた。男も女も、一様に見惚れている。

文史郎は長柄の傘をさされた花魁に目を凝らした。

高島田の髷は総《ふさ》のある紐で結んである。

簪は、前ざし八本、紋の入った後ざし八本、さらに二枚櫛の後ろに三本。

高下駄は表つき三枚歯の黒塗りで、鼻緒は緋色。その高さは八寸。

竜虎の絵模様が描かれた仕掛け（裲襠《うちかけ》）を着込んでいる。前結びの帯は金襴緞子《きんらんどんす》。

両脇に付いた禿たちも、霧壺の衣裳や柄に合わせて、竹や笹模様にし、帯は矢の字結び。

禿の一人は手に守り刀を包んだ錦の袋を抱えていた。

もう一人は京人形を抱えている。

霧壺は傘をさされ、若い者の肩を借りて、内股に足を運び、しゃなりしゃなりと歩を進めた。

歩くたびにほのかに芳《かぐわ》しい薫《かおり》が漂い、見物客は鼻をうごめかして嗅いでいる。

「待ってました！　霧壺」

「霧壺さまあ」

男や女のざわめきが起こる。

高島田の髷に飾られた簪が、残照に映えて輝き、後光《ごこう》のようにすら見える。

白塗りの顔はほどよく整っており、目は切れ長、おちょぼ口には、鮮やかな朱の色が付けられている。上品なこぢんまりとした小さな鼻。頬に小さな笑窪《えくぼ》。

「まるで菩薩《ぼさつ》様のご来迎《らいごう》を見るようだ」

「ありがたい、ありがたい。南無阿弥陀仏《なむあみだぶつ》」

「生き仏の菩薩様だ」

見物客のあちらこちらから賞賛の言葉が洩れ、手を合わせる者もいる。

大門も左衛門も霧壺に見惚れていた。言葉も発しない。

霧壺の足がふと止まった。

霧壺の顔が振り向き、穏やかな眼差しが文史郎に向けられた。

美しい。なんという美しさだ。

これまで見たこともない麗《うるわ》しい女だ。

文史郎も言葉を失い、霧壺の顔に釘づけになった。

一瞬だが、霧壺の目が瞬《まばた》き、ちらりと流し目をし、文史郎に会釈した。そう文史郎は感じた。

文史郎はあたりを見回し、己以外に誰かいるのかと思った。大門と左衛門以外に目立った男はいない。

霧壺は文史郎に目で優しくうなずき、顔を前に向けた。

霧壺がそれがしを認めた？

確かにそうだった。間違いない。

文史郎は心がときめいた。胸が高鳴った。

霧壺は目の前を歩み去った。後ろに同様に着飾った振袖新造が二人、さらに中年の番頭新造が続く。

文史郎は離れて行く道中を見送った。

突然に、長柄の傘が揺らいだ。

悲鳴が上がった。霧壺が手を肩にかけていた若い者が大手を広げて叫んでいる。

「花魁、逃げろ」

見物客の人垣から、数人の影が霧壺に襲いかかった。

あちこちらで悲鳴が上がる。

「おのれ」

文史郎は咄嗟《とっさ》に霧壺に向かって駆け出した。

走りながら、腰に手をやった。

丸腰だった。

しまった、と思った。

引手茶屋に上がったとき、腰の大小は帳場に預ける決まりになっていた。

長柄の傘を持った若い者は傘で追い払おうとしていたが、たちまち、荒くれ者の一人に脇差しで斬られて倒れた。

見物客が一斉に身を引き、人垣が崩れた。

襲いかかっているのは見るからに無頼の荒くれ者たちだった。いずれも脇差しや短刀を抜き放っている。

大手を広げた若い者は霧壺を背に庇い、仁王立ちしていた。男の一人が体当たりをかけ、匕首《あいくち》を深々と若い者の腹に突き刺していた。

「おう、やってくれるじゃねえか」

匕首で刺された若い者は少しも動じず嘲《せせ》ら笑い、相手の男の首に手刀を叩き込んだ。

刺した男は、その場に崩れ落ちた。

「てめえら、無事で廓を出られると思うなよ」

霧壺は刺された若い者の背にすがりつき、倒れかかる軀を支えていた。

霧壺の背後に回った荒くれ者が脇差しを振るおうとしていた。

「霧壺、危ない！」

文史郎は男に体当たりして突き飛ばした。

「若い衆、加勢いたすぞ」

文史郎は霧壺を庇う若い者にいった。

「お侍、済まねえ。霧壺さんを頼みやす」

若い者は腹部に刺さった匕首を引き抜いた。血潮がどっと噴き出した。若い者は、しっかり立ち、血塗《まみ》れの匕首を逆手《さかて》に持って、周りの暴漢たちを威嚇した。

「てめえら、俺が相手だ。かかって来い」

「霧壺、拙者の肩に」文史郎は霧壺を背に庇った。

「あい」

霧壺は文史郎の肩に捉まり、背に身を寄せた。

「サンピン、邪魔するねえ」

「霧壺、てめえの命は貰った」

男たちは怒声を上げている。

五人の荒くれ者たちが脇差しや短刀を構えて文史郎と霧壺を取り囲んだ。

「殿。ご無事か」

「どけどけ、殿になんという無礼を働く」

ようやく左衛門と大門がばたばたと足音高く駆け付けた。二人も丸腰だが、七夕の竹竿や箒を手にしている。

「お侍さん、これを」

禿の一人が錦の包みを文史郎に差し出した。

文史郎は荒くれ者たちの動きを睨みながら、錦の包みを解き、守り刀を取り出した。

鞘を払い、小刀を構えた。

「若いの、しっかりしろ。味方だ」

大門が腹部を刺された若い者を背後から支えた。

「お侍、でえじょうぶでさあ。このくらいは掠り傷でさあ」

若い者は血塗《ちまみ》れの匕首を腰に当てると、間近にいた荒くれ者に突進した。

「てめえら、よく見てろ。人を殺《や》るときは、こう殺るんでえ」

荒くれ者は脇差しで若い者を斬り下ろした。

斬られてもなお若い者は荒くれ者に体当たりし、匕首を腹部に突き刺した。握った柄をぐいっと捻った。

荒くれ者の口から苦痛の悲鳴が洩れた。

若い者は荒くれ者と重なるようにして倒れた。

残った四人の荒くれ者は、一瞬度胆《どぎも》を抜かれた。だが、すぐに気を取り直し、霧壺を背に庇った文史郎に斬りかかった。

「爺、霧壺を」

文史郎は左衛門に怒鳴り、霧壺を突き放した。

「殿、承知」

左衛門ががっしりと霧壺を受け止めた。

文史郎は左から斬りかかった男を守り刀で下から斬り上げた。

ついで正面から斬り込んできた男の脇差しを躱すと、くるりと身を回し、男の首を切り裂いた。

残る二人の荒くれ者は、顔を見合わせた。

すっかり戦意を失っている。

見物客の人垣が割れ、数人の若い者たちがどっと駆け付けた。

「どけ、どけ。どこのどいつだ！」

揃いの法被《はっぴ》を着た若い衆だった。

若い衆は駆け付けると、一目見て誰が花魁を襲い、誰が味方なのかを見て取った様子だった。

「逃がすな。生きて廓を出すな」

若い衆の頭《かしら》が静かに命じた。その声に、若い者たちはさっと残る二人の荒くれ者を取り囲んだ。

「畜生！」

「近寄ると殺すぞ」

二人の荒くれ者は必死の形相《ぎようそう》で脇差しや短刀を振るい、囲みを切り抜けようとした。

若い衆たちは無言のまま、二人に飛びかかり、あっという間もなく得物を叩き落とした。

二人は腕を捩じ上げられ、その場に押さえ付けられた。

若い衆の頭の指示で、二人は荒縄でぐるぐる巻きに縛り上げられた。

文史郎は霧壺を振り向いた。

霧壺は左衛門の肩を借りながらも、落ち着いた様子で一部始終を見守っていた。

「怪我はないか？」

「あい」

霧壺は簪で重い頭を下げた。

「お殿様、あちきを助けてくんなまして、ありがとうございました。でも、仁吉《にきち》が……」

文史郎は大門に目をやった。

大門が、折り重なるようにして倒れている若い者を助け起こした。だが、すでに若い者はこと切れていた。

荒くれ者も微塵《みじん》も動かない。

「どちらも、駄目だ」

大門は頭を左右に振った。

若い衆の頭が文史郎に歩み寄り、腰を低めていった。

「どちらのお侍様か存じませんが、花魁の霧壺を助けていただき、ありがとうございやす。あっしは、廓の揉め事を取り仕切る首代《くびだい》の鬼吉《おにきち》と申します。後ほど、廓の惣名主から御礼申し上げることになりましょう。ぜひ、お名前をお教え願えませんか」

左衛門が文史郎と鬼吉の間に割って入った。

「こちらは、那須川藩の元藩主若月丹波守清胤改め大館文史郎様だ。いまは若隠居の身だ」

「そうでござぃやしたか。お殿様でやしたか。これはこれは、お見知りおきくださいませ」

「大館文史郎様、あちきのことも、よろしうお見知りおきを」

後ろから若い衆に警護された霧壺がいった。

「いつか、おぬしに逢いたいのう」

「承知いたしました。またお越しくださいませ」

霧壺はにこやかに笑い、振袖新造や番頭新造、禿たちを従え、若い衆に助けられて、引き揚げて行った。

「殿、期せずして、霧壺と話ができましたな」

「いやはや、幸運でござるな」

左衛門と大門が歩み去る霧壺を見送りながらいった。

「こやつら、いったい何者なのだろう?」

文史郎はあたりを見回した。
いつの間にか、若い衆が大勢集まり、首代の鬼吉の指図通り、死体を運び去ってい
た。
血が散ったあたりには、水を撒き、箒で掃き清めて、惨劇の跡をまたたく間に消し
去ってしまっている。
「お殿様、大丈夫ですか」
引手茶屋の女将と権兵衛があたふたと駆け付けた。
鬼吉が女将を見て、文史郎にいった。
「そうですかい。お殿様は山口巴さんのお客様でしたか。後ほどご挨拶にお伺いいた
します。女将さん、よろしう」
「分かりました。首代の申し付けとなれば、喜んで」
女将は笑顔でうなずいた。
「さ、お殿様、御供のお二人さん、どうぞ茶屋へお戻りください。お酒とお料理がお
待ちしておりますよ」
「女将、振袖新造は?」大門が訊いた。
「はいはい。ご要望とあらば」

女将は笑いながら、文史郎の袖を引いた。

三

文史郎たちは、引手茶屋の二階の座敷に戻った。

すぐに膳が運び込まれ、酒と料理が振る舞われた。

女将の計らいで、どこかの妓楼から内芸者や振袖新造たちが呼ばれて、文史郎たちの座に侍《はべ》った。

女将が文史郎の盃に銚子の酒を注ぎながら、お愛想をいった。

「お殿様、ほんとうにお強いのですねえ。あの荒くれ者たちをたちまち斬り捨てたということではないですか」

脇から口入れ屋の権兵衛がいった。

「女将、お殿様たちの仕事は、剣客相談人と申してな。ただの相談人ではない」

「まあ、そうでしたか。道理でお強い」

女将はうなずいた。

みんなの前に座った振袖新造たちが目を丸くして、大門や文史郎、左衛門を見回した。

「まあ、皆さん、剣客なんですね」

「ま、そんなものだな」

大門は髯をいじりながら、盃をあおった。

もう一人の振袖新造が興味津々《しんしん》の様子で、左衛門に甘えるように尋ねた。

「ねえ、お爺さま。剣客相談人ということは、どんな相談でもお願いできるのですね」

左衛門は、少しにやけながら、振袖新造から盃に酒を受けた。

「さようのう。よろず相談承りますだからのう。一応、なんでも相談に乗ることになっている」

「お爺さま、じゃあ、あたしの恋の悩みの相談に乗っていただこうかしら」

「そ、それは……むずかしいのう」

左衛門は困った顔をした。

大門が脇から口を挟んだ。

「おお、拙者が乗るぞ。おぬしの相談、拙者が乗ってしんぜよう」

「まあ、髯の先生ったらねえ」

「危ないわねえ」

振袖新造たちは、身を寄せ合い、くすくす笑った。

文史郎は大門や振袖新造たちのふざけ合う様子を見ながら、盃をすすった。

「ところで、女将、さきほどの鬼吉とやらだが、首代と申しておったな」

「はい。それが何か?」

「首代というのは、なんなのだ?」

「ああ。首代というのは、廓の中でも、特別な若い衆でしてね。廓の中で、若い者を束ねる兄貴分のようなものです」

「ほう。兄貴分のう」

「廓には、町奉行所も火付盗賊改《ひつけとうぞくあらた》めも、手出しできない決まりになっておりまして、その代わりに、首代たちが廓内の揉め事や盗み、強盗、人殺しなどを取り締まる役目を負っていらっしゃるんです」

「ほう。役人みたいだな」

「役人のようでもありますけど、違うんです。首代は廓のために命を惜しまない若い者です。廓を取り仕切る惣名主《そうなぬし》さんや大管店《おおばんとう》さんが命じれば、何もいわずに首を差し出す、それこそ火の中、水の中、率先して飛び込んでいく。命知らずの男なんです」

「なるほど」

「だから、廓の若い衆は、みな首代に憧れる。男の中の男ですからね」

「女将は詳しいんだね」

「はい。うちの若い衆からも、何人か首代を出してますんでね」

女将は自慢げに鼻をうごめかして笑った。

廊下に女中が現れて告げた。

「女将さん、庄司甚右衛門《しょうじじんえもん》様と松葉屋さんがお見えになりました」

「はいはい。上がってもらって」

女将は女中に命じた。

「はい、女将さん」

女将は振袖新造たちにいった。

「さ、皆さんは、席をあけてくださいな」

「あーい」

振袖新造たちは席を立ち、座敷の端に退いた。

権兵衛も文史郎の後ろに下がった。

やがて、階下から女中に案内され、数人の男たち上がって来た。

「たいへん遅くなりましたが、お殿様にご挨拶に上がりました。失礼いたします」

恰幅がよく、上品な面立ちをした初老の男を中心にして、男たちは座敷の出入口に正座し、一斉に文史郎に平伏した。

「私めは、吉原廓の総元締めをしております惣名主の庄司甚右衛門にございます。こちらに控えまするは、松葉屋の楼主喜兵衛《きへえ》、さらに首代の頭《かしら》鬼吉にございます」

「松葉屋の喜兵衛でございます。お初にお目にかかります。どうぞ、よろしう」

「さきほど、お世話になりました鬼吉でございます」

松葉屋と鬼吉がそれぞれに挨拶した。

庄司甚右衛門は両手をついたまま、白髪混じりの頭を上げ、文史郎たちにいった。

「このたびは、お殿様の皆さまに、霧壺をあのような暴漢からお助けいただきまして、まことにありがとうございました。松葉屋の楼主ともども、あらためて御礼申し上げます」

廓の惣名主庄司甚右衛門は、松葉屋の楼主喜兵衛を従え、文史郎の前で深々と頭を下げた。

「本来なら、廓の若い衆が花魁たちの身辺を守らねばならないところでございますが、これまで一度も道中をしている花魁が襲われたことがなかったので、首代たちも、つい油断してしまったようでございます」

惣名主はじろりと後ろを振り向き、畏《かしこ》まっている鬼吉に目をやった。

「首代頭の鬼吉も、お殿様たちに霧壺を助けていただき、たいへん恐縮しております。これ、鬼吉、前に出て、御礼申し上げなさい」

庄司甚右衛門は座敷の隅に控えていた鬼吉を振り返った。

「へい。失礼いたしやす」

鬼吉は身軽な身のこなしで文史郎の前に出て、平伏した。

「先ほどはご迷惑をおかけいたしました。あっしらに代わって、花魁を助けていただき、まことにありがとうございやす」

文史郎は訊いた。

「それで、あの無頼たち、なぜ、花魁の霧壺を襲ったのか？」

「へい。いま、手下に締め上げさせているんでやすが、なかなか口を割らない連中でして。ですが、きっと明日の朝までには、二人とも素直に吐くことになりましょう」

「あの者たちは、廓に屯している男伊達ではないのか？」

「確かに連中の何人かは、そうだったんですが、生け捕りした二人はまったくの新顔でして。今日の七夕の紋日に、わざわざ廓に潜り込んできた連中です」

「誰かに命じられて廓に入って来たらしいのですが、それも、おいおい、分かるかと」

「何者なのだ？」

庄司甚右衛門が話に割って入った。

「ところで、お殿様、霧壺をお助けいただいたことで、松葉屋がお礼をと申し上げておりまして」

鬼吉は後ろに下がり、代わって松葉屋の喜兵衛が膝行《しっこう》して前に出た。

「これは、まことに些少ではございますが、お礼の気持ちにございます。どうぞ、お納めください」

松葉屋の楼主喜兵衛は、紫色の布の上に切餅《きりもち》を三個重ねて差し出した。

切餅一個は金の小判二十五枚、しめて七十五両。

「それはそれは、かたじけない」

左衛門が手を延ばそうとした。

「爺、待て。さもしい」

文史郎は左衛門を手で制止した。

「はっ……」

左衛門は慌てて手を引っ込めた。

文史郎は松葉屋に向いた。

「松葉屋殿、それがしたちは、たまたま、あの場に居合わせたまで。目の前で花魁が襲われたのを見て、思わず助けただけでござった。このような大金をいただくわけにはいかぬということでござる」

「……これでは、ご不満ということでございますかな」

庄司甚右衛門はちらりと松葉屋喜兵衛の顔を見た。喜兵衛もうなずいた。

文史郎は急いでいった。

「いや、惣名主、そうではござらぬ。不満も何もない。そのような大金を、いただくわけにいかないと申しているだけだ」

「はあ、さようにございますか」

庄司甚右衛門と松葉屋は顔を見合わせ、戸惑った表情になった。

「それよりも、一つ、願いがある。それをきいていただけまいか？」

「と、申されますと？」

庄司甚右衛門は訝った。

「本日とは申さぬ。ぜひ、霧壺との初会《しょかい》をお願いしたいのだが、いかがであろうかのう。もちろん、花代などは、こちらがお払いいたす。いいな、爺」

「はい。もちろんにございます。費用は万端整《ととの》えてあります」

左衛門はうなずいた。

庄司甚右衛門は松葉屋を見た。松葉屋は、そんなことは容易《たやす》いことと、大きくうなずいた。

「お易い御用でございます。霧壺は、松葉屋一の売れっ子花魁ですが、ぜひとも、お殿様との初会、ご用意させていただきましょう」

「では、頼むぞ、松葉屋」

文史郎はうなずいた。

大門がすかさず話に割り込んだ。

「殿、それがしたちも、その席にご同伴できるのでしょうな」

「それはどうかな」

文史郎は左衛門の顔を見た。

「爺は、傳役《もりやく》にございますからな。もちろん、同席いたしますが、大門殿はどうしますか」

「爺さん、それはないだろう。拙者は殿の護衛役でもあるわけだから。万が一に備えて、いつもごいっしょせねばならぬ」

「もちろんでございます。大門様も左衛門様も、どうぞ、お殿様とごいっしょにご登楼くださいませ」

松葉屋が満面に笑みを浮かべていった。

階下が俄《にわか》に騒がしくなった。男の声が聞こえた。

続いて、階段を駆け上がる足音が響いた。

首代の鬼吉が懐手《ふところで》をしながら、すっくと立ち上がった。

「首代、ていへんだ」

慌ただしく駆け上がって来た若い者が叫んだ。

「なんでえ、又吉《またきち》、騒がしいぞ。お客様の前だ。静かにしろい」

又吉と呼ばれた若い者は惣名主や文史郎たちを見て、頭を下げた。

「へえ。ですが、首代、てえへんです。番屋に来てくだせえ」

「どうした？」

「番屋が襲われました」

「なんだと。よし、行くぞ」

鬼吉は惣名主や文史郎にちょこんと頭を下げた。

「すんません。何かあったようなんで、これで」

鬼吉は滑るように廊下を走り出した。又吉があとに続いた。二人が階段を駆け下りる足音が響いた。

庄司甚右衛門は困った顔をしていた。

「お殿様、お騒がせして申し訳ありませんな」

「何があったのかな？」

「七夕の紋日には、廓を一日開放しますんで、それだけ、いろいろ起こりましてな。いえ、なに、たいしたことではありますまい。首代たちがなんとか対処してくれることでしょう」

「そのための首代ですからな」

松葉屋も笑いながら、庄司甚右衛門と顔を見合った。

文史郎は大門に目をやった。

大門は退屈したらしく、振袖新造の傍に寄り、なにやらひそひそ話をしている。

文史郎は左衛門に顔を向けた。

「爺、見て参れ」

「はい。では、失礼して見て参ります」

左衛門は立ち上がり、庄司甚右衛門に一礼して廊下に出て行った。

四

左衛門は、引手茶屋山口巴の外に出た。

茶屋の下足番《げそくばん》によると、番屋はいくつもあるが、鬼吉を呼びに来た若い者は、江戸町一丁目の端になる西河岸《にしがし》、いわゆる浄念河岸《じょうねんがし》にある番屋の番人だった。

江戸町一丁目は大籬《おおまがき》、中籬が多いため、夜になっても、見世先の行灯や提灯の明かりが照らしており、七夕祭りを見にきた客たちの波が絶えなかった。

その雑踏の中を縫って、数人の若い衆が駆けて行く。いずれも、同じ廓の印が入った法被姿だ。

左衛門は、その若い衆たちの走って行く先に番屋があると踏んで、足を早めた。

浄念河岸は東河岸の羅生門《らしょうもん》河岸と並んで、粗末な小屋が建ち並ぶ最下層の局女郎《つぼねじょろう》街だ。通りには、客を取ろうと手ぐすねを引いて、局女郎が待ち受けている。

番屋は、その浄念河岸の路地への出入口に建っていた。

番屋の前には突棒《つくぼう》や刺股《さすまた》や袖搦《そでがら》みなど捕り物道具を手にした若い衆が殺気立った面

持ちで、あたりを睥睨《へいげい》し、物見高い野次馬たちを追い払っていた。

　野次馬の間を割り、番屋に近寄ろうとした左衛門は、たちまち杖を手にした若い者たちに行く手を阻《はば》まれた。殺気立っている。

「爺さん、けえんなけえんな」

「うろうろしていると、怪我するぜ」

　左衛門は動ぜず、目を血走らせた若い者を睨み付けていった。

「首代の鬼吉はおるか？」

「首代の鬼吉だと？」

「鬼吉に取り次いでくれ」

「取り次げだと？　誰でえ、てめえは」

　若い者は提灯を掲げ、左衛門の顔を照らした。

「いけねえ。昼間、霧壺を助けてくれた侍の一人だ」

　若い者の一人が左衛門を覚えていたらしく、威嚇していたほかの若い者を止めた。

「すんません。何か御用で？」

「拙者、剣客相談人篠塚《しのづか》左衛門。首代頭の鬼吉に話がある」

　左衛門は威厳を込めて名乗った。

「少々お待ちを。おい、誰か、首代頭にお知らせしろ」

若い者の一人が慌てて番屋に引き返し、戸口に消えた。

やがて、若い者が戸口から飛び帰った。

「ど、どうぞ、番屋へ。兄貴がお待ちです」

「そうか。ご苦労」

左衛門は若い者の脇を擦り抜け、番屋へと歩んで行った。

「ああ、こちらでござんす」

戸口から鬼吉が顔を出し、手招きした。

「何があったのだ?」

左衛門は戸口の前に立った。

中からむっと血の臭いがした。

「殺《や》られました。捕まえた無頼の者二人と、それにうちの若い者が三人。うち一人は、なんとか生きていますが」

暗い部屋の中に菰《こも》を被せられた四つの遺体が並んでいた。

血塗《まみ》れになった若い者が一人、仲間に抱えられていた。周りからみんなが、しっかりしろ、と励ましていた。廓の医者が駆け付け、手当てをしている。

だが、斬られた若い者は気を失った様子で、医者がいくら揺すっても気を取り直しそうになかった。

鬼吉は医者の肩越しに若い男を見下した。

「慈庵《じあん》、満吉《まんきち》の具合はどうでえ」

「血さえ止まれば、助かるだろう」

「なんとか助けてやってくれ」

左衛門は訊いた。

「いったい、何があった?」

「京町二丁目界隈で、客同士の喧嘩が起こったってえんで、治めるために、ここの番屋の若い者も三人を残して駆け付けたんでやす」

「うむ」

「そうしたら、手薄になった番屋に、侍らしい男が一人入って来たんだそうです。その侍は無言で、一瞬のうちに、若い者三人を斬り伏せた。そればかりか、生け捕りにしておいた二人も刺殺し、口封じをしてから悠々と立ち去ったというのです」

「ふうむ。それで?」

「喧嘩を治めた若い者たちが引き揚げて来たら、このざまだった」

「どうして侍一人の仕業だと分かったのだ？」

「この満吉の話なんです」

「どのような侍だったというのだ？」

「満吉によると、死神のような侍だったってえんです」

「死神だと？」

「へい。まるで死人のようだったと。目が落ち窪み、痩せ細った体付きをしており、髑髏《どくろ》のように骨に皮が貼り付いたような顔だったそうでやす」

「ふうむ。死神ねえ。そんな侍なら、人目を引く。廓の出口で、見つけることができるのでは？」

「あっしも、そう思い、すぐに大門《おおもん》に若い者を走らせ、四郎兵衛《しろべえ》たちに知らせました。大門で見張っていれば、必ず引っ掛かるはずだ、と。それから、ほかの首代たちにも知らせて、まだ廓の中に、その侍がいるだろう、と踏んで、若い者たちに捜索させているところです」

「まだ見つからないのだな」

「へえ」

「遺体の様子を検分させてくれぬか」

「どうぞ」

鬼吉は部下に目配せした。

左衛門は菰を被せられた遺体に近寄った。

一体目の菰をめくった。

番屋の若い者だった。右肩口から一気に斜め袈裟《けさ》懸《が》けに斬り下げられていた。

ほぼ即死だと見た。

二体目の遺体も若い者だった。

こちらは、胴を真横から撫で斬りされている。

「この二体が、捕まえた連中だな」

左衛門は部屋の隅に並べられた二体の遺体の菰を持ち上げた。

後ろ手に縛り上げられた男の遺体だった。

顔は殴られ、醜く腫れ上がっていた。拷問を受けていたらしい。

左胸に切り傷が覗いていた。心の臓を一突きされている。

もう一体も顔が腫れ上がり、目が塞がっていた。こちらは、喉を真横に掻き切られていた。

どちらの人質も、ほぼ即死と見受けられた。

助けることもできように、それでは廓から逃れることはできないと察して、人質たちを殺した。口封じに送り込んで来た刺客に違いない。

「いかがですか？」

鬼吉が左衛門に訊いた。

「いずれも、無駄な刀傷を負わせていない。刀の切り口も鮮やか。これは並みの腕前ではないな」

「流派は分かりますかい？」

「この斬り方は、新陰《しんかげりゅう》流、あるいは神道無念《しんとうむねんりゅう》流ではないか？」

「そうですかい。検分、ありがとうございました」

鬼吉は腕組をし、考え込んだ。

「この侍に、花魁が狙われかねない。護衛を増やした方がいいな」

「あっしも、そう思いましたんで、とりあえず腕の立つ者を、霧壺の身辺に張りつけておきました」

「それは手回しがいい」

左衛門は満足気にうなずいた。

五

三日が過ぎた。

文史郎は大門と連れ立って、弥生の大瀧道場に出掛け、久しぶりに稽古で汗を流した。

女道場主の弥生は文史郎を見ると、いつになく張り切り、門弟たちに厳しく稽古をつけていた。

文史郎も門弟たちの稽古の相手を務めたあと、師範代の武田広之進《たけだひろのしん》と稽古試合を三本行なった。

さすが師範代だけのことはある。

武田広之進の動きは俊敏で、文史郎は二本打たれ、三本目で、ようやく一本取り戻しただけだった。

「殿、腕が鈍りましたね」

先に稽古を終えて休んでいた弥生が、見所《けんぞ》に引き揚げた文史郎に声をかけた。

「さようよのう」

文史郎は手拭いで首の周りや胸、腋の下の汗を拭いながら苦笑いした。

文史郎は弥生の顔を見た。

弥生のやや膨れっ面をした顔は可愛らしい。

弥生は額に貼り付いたほつれ毛を細い指で掻き上げた。その仕草がいつになく女らしく色っぽい。

「しばらく、稽古をせずにいたからな。軀が思うように動かなんだ」

文史郎は素直に稽古不足を認めた。

「大門殿からおききしましたよ。最近は、遊廓に御出でになっておられるとか」

「うむ。まあな」

大門のやつめ、いわないでいいことを弥生に話しおって。

「……今度は、それがしもお連れください」

弥生は、こういうときに限って、男言葉を遣い、侍であろうとする。

弥生のような女子が行くところではない、といいかけたが、すぐにその言葉を飲み込んだ。

そんなことをいえば、ますます弥生は行きたがる。

「ほう。弥生も吉原へ行きたいか。なぜだ？」

「江戸の女子は、みな吉原の花魁に憧れています。花魁のように着飾りたいと。それがしも、女子の一人。一度、遊廓の花魁を見てみたいのでござる。ぜひにごいっしょさせてくだされ」

「分かった分かった。きっと連れて行く」

「約束でございますぞ」

弥生は屈託ない笑みを浮かべた。

「うむ。分かった」

「私、殿がどのような女子に入れ揚げているのか、見とうござる」

「あのな、弥生。大門がなんと申したか知らぬが、吉原通いは、女子目当てではないぞ」

「まあ。ほんとうですか？」

弥生が女言葉を使うときは、素の自分の気持ちを現している。

弥生はやはり誤解している、と文史郎は思った。

「仕事だ。相談人の仕事だ」

「ならば、私がごいっしょしても、よろしうございますね」

弥生は念を押すようにいった。

「……うむ」

大門がどかどかと床を踏み鳴らしながら、弥生の隣の席に歩み寄った。

「いやあ、汗を掻いた。高井《たかい》も強くなったなあ。拙者が二本打つうち、一本は高井に取られる」

「大門殿、今度は、それがしも殿に御供して、吉原へ上がることになりましたぞ」

弥生は嬉しそうにいった。

「な、なんですと、殿。ほんとうでござるか」

「ほんとうですよね、殿。さっきそう約束なさった」

「……うん。まあ、そういうことになった」

「しかし、殿、吉原は男の世界、いや男が通う場所、女子を連れて行く場所ではありませぬぞ」

「そうだが、まあいいだろう」

文史郎は大門に頭を振った。

大門、おまえが弥生に無用な告げ口をするから、そうなってしまったのだぞ。

文史郎は内心で大門を非難した。

「では、いつ吉原に参りますか？」

「そうだのう。いつにするか」

文史郎は腕組をした。

権兵衛が、それまでに、越後屋の金兵衛以外に、誰が霧壺を請け出そうとしているかを調べて来ることになっている。

「吉原に遊びに行くのは、そんなに考えることなのですか？」

弥生は皮肉混じりにいった。

「弥生、わしらは遊びに行くのではないぞ。仕事で行くのだからな」

「そうでございましたね。仕事でございましたな」

弥生は最近、ちくちくと嫌味をいうようになった。これが女の性《さが》というものなのだろう。

「明日か、明後日に吉原に参ろうか」

「それで、殿、どのようなお仕事なのですか？　一応、それがしも仕事を知っておかねばいけない、と思いますが」

文史郎は大門と顔を見合わせた。

「仕事というのは、吉原のある花魁を身請けするのだ」

「お金で？」

「さよう」

「まあ、お殿様が花魁をお金で籠絡《ろうらく》しようというのですね」

弥生は鼻をつんと上に向け、不快な顔をした。

「弥生、それがしがではない。ある人の代わりに請け出すのだ」

「ある人というのは？」

「それは、たとえ、身内の弥生といえども、いえない。相談人の守秘義務がある」

「身内の私にも……いえないというのですか」

弥生は「身内の弥生」といった言葉がうれしかったのか、顔をぽっと赤くした。

「うむ。おぬしを危険に巻き込むわけにはいかんのでな」

「と申しますと、誰かの代理として、その花魁を身請けすることが危険だというのですか？」

「どうも、そうらしい」

「なぜに？」

「実は、その花魁は霧壺と申すのだが、先日の七夕祭りに道中をしている最中に、五人の暴漢に襲われた。わしらが見物していなかったら、命を落としていたやもしれぬのだ」

文史郎はその顚末《てんまつ》を弥生に話した。

「捕まえた無頼漢二人も口封じに殺されたというのですか?」

「そうだ。一人の花魁を守るため、廓の若い者が三人命を落とし、襲った五人も全員が死んだ。そのうち、三人は我らが仕留めた以上、今後は我らも敵から狙われかねないのだ」

「まあ。誰が、その霧壺の命を狙っているのですか?」

「それが分かれば、まだ対処しやすいのだが、相手が誰なのか、得体が知れないところが不気味なのだ」

「まあ、おもしろそう。それがし、俄然やる気が出ました。単にお殿様や大門様が鼻の下を長くして、花魁遊びに興じているのか、と思ってました。そんな仕事でしたら、それがし、ぜひぜひ、相談人の仕事に一口加えていただきたくお願いいたします」

大門が慌てて忠告した。

「弥生殿、おぬしは道場主ですぞ。道場はどうなさるおつもりです? 道場主がいないと……」

「大丈夫でござる。道場には、師範代の武田広之進がおります。それに、一人欠けてはいるが、四天王の高井たちがおります。彼らが道場の門弟たちの面倒を見てくれるでしょう。一日二日、それがしがいなくても、安心です」

「そうかい？　ほんとうに大丈夫か？」

「お殿様、そうやって、それがしを連れて行かぬおつもりですな。約束が違うでしょう」

弥生がきっと睨んだ。生き生きとした顔だった。

こうなると、弥生はどんなに言い含めても、いうことを聞かなくなる。

文史郎は溜め息混じりにいった。

「分かった。連れて行くといった以上、おぬしを連れて行く」

大門が、知りませんよ、という顔で文史郎を見ていた。

「殿、やはりこちらに御出でしたか」

道場の玄関先に、左衛門の姿があった。

後ろに口入れ屋の権兵衛の姿が見えた。

どうやら、霧壺のことで、何か分かったらしい。

控えの間《ま》からは、道場で門弟たちが稽古をする姿がよく見えた。

権兵衛は冷えた麦湯を飲み、一息ついたあと、おもむろに話し出した。

「霧壺を身請けしたい、と松葉屋に申し入れたのは、越後屋以外に、もう二件ありました」

「ほう。さすが、霧壺は松葉屋でお職《しょく》を張る花魁だのう。引く手あまたなのだな。して、その二件というのは？」

文史郎は団扇《うちわ》を扇ぎながら訊いた。

隣で弥生が興味津々という顔できいている。

「一人は、札差の大丸屋《だいまるや》でした。そして、もう一人が廻船問屋の南海屋《なんかいや》です」

「ほう。札差の大丸屋というのは？」

左衛門が権兵衛に代わっていった。

「殿、このところ、めきめき伸びてきた新興の札差ですよ。元々は、米問屋だったのですが、幕府の勘定方の覚えがよく、先の旱魃《かんばつ》の際に、米でぼろ儲けした。その儲けたカネで札差の免許も取って、今度は旗本や大名相手に金貸しをして、一代で財を成した大商人ですよ」

権兵衛が笑いながら、左衛門のあとを引き取った。

「そうなんです。大旦那の松兵衛《まつべえ》は遣手《やりて》の商人で、吝嗇《けち》の権化みたいな男なんですが、その息子で実代吉《みよきち》ってえ若旦那が、松兵衛とは真逆。吉原遊びにうつつを抜かす放蕩息子なんです。その実代吉が、霧壺にぞっこんで、いくらカネを注いでもいいから、ぜひ身請けしたい、と騒いでいるそうなんで」

「ほう。それから、もう一人の廻船問屋は？」

「こちらは、南海屋の大旦那の政兵衛《せいべえ》が、霧壺を実代吉みたいな若造に渡してなるものか、とやはり、身請け話を持ちかけたらしいですな」

「その政兵衛という男は、どんな人物なのだ？」

「浪速《なにわ》の方では、かなりの遣手の政商で、南海屋の名前通りに、薩摩《さつま》や佐賀《さが》などの大藩と繋がりが深くて、近年、西国の大藩の密貿易にも関わり、ぼろ儲けをしているという噂の商人です」

「ほほう。政商か」

「はい。幕府の老中《ろうじゆう》や御側御用取次《おそばごようとりつぎ》の覚えもよく、幕府と西国大藩との間で、上手《うま》く立ち回り、これまた巨額の利を得ているそうでして」

「ふうむ。大丸屋の若旦那実代吉、南海屋の政兵衛、それに越後屋の金兵衛が、霧壺を巡って身請け合戦をしているわけか」

「殿、それに依頼人が加わり、四つ巴《どもえ》の争いというわけですぞ」

左衛門が顎を撫でながらいった。

大門が渋い顔をした。

「殿、いくらなんでも、新顔の殿では、その三者に比べれば不利も不利、まったく勝ち目がないように思いますが」

「それはそうだが、余は依頼人の代理だ。霧壺が、依頼人のことを知れば、話は一挙に変わるはずだ」

権兵衛が声をひそめた。

「ところが、殿、松葉屋の管店《ばんとう》からきいた話では、どうも、様子がおかしいのです」

「どう、おかしいというのか？」

「匡時様の話では、霧壺は……」

「待て、権兵衛」

文史郎は慌てて弥生を目で差し、権兵衛の口を封じた。左衛門もいった。

「依頼人の名をいうてはならぬ」

弥生がにっと笑った。

「殿、左衛門様、もう遅いです。いま、しかと耳にしました。依頼人は田安家の匡時様なのですね」

「殿、申し訳ありませぬ。殿の前でしたので、つい口が滑り」

権兵衛はうなだれた。

大門は腕組をして頭を振った。

「殿、ま、仕方ないですな。もはや弥生殿は、仲間となったようなもの」

文史郎は憮然としていった。

「弥生、他言無用だ。いいな」

「承知しております。これで弥生も剣客相談人の一人に加えてもらったようなもの。相談人は、依頼人の秘密を死んでも洩らさない。そうでしたね」

「そうだ。分かっていればいい。で、権兵衛、続きをいいなさい」

「はい。依頼人様の話では、霧壺は匡時様に身籠もったと告げたそうですね。そして、霧壺はぜひ匡時様に身請けしていただきたい、と申していたと」

「そうではないのか？」

「これは、内緒だとのことですが、霧壺は、どうやら、大丸屋の実代吉にも、南海屋の政兵衛にも、そして越後屋の金兵衛にも、同じようなことを告げているらしいのです」

「な、なんだと」

左衛門は素っ頓狂な声を上げた。

文史郎は苦笑いしながら頭を振った。

「そうか、それがほんとうなら、さすが吉原一の花魁だ。霧壺は四人を天秤にかけているというのか」

「さすが売れっ子の花魁だけのことはありますな。大の商売人や徳川家の御曹司を手玉に取ろうとしているわけですな」

大門も感心した面持ちでいった。

弥生が鼻を上に向けて笑った。

「……皆さん、女のほんとうの姿を知りませんねえ。だから、ころりとすぐに騙される」

文史郎はいった。

「では、霧壺は、その四人全員に、身籠もった子はあなたの子よ、と告げて、身請けを本気にさせているというわけか」

「殿、そういうことです。霧壺、みかけによらず、したたかですぞ」

「なるほど。おもしろくなったのう。だから、霧壺、ところで、道中で、霧壺を襲った連中は、大丸屋、南海屋、越後屋のいずれかと関係があるのかのう？」

「殿、田安家も、ひょっとして関係があるやもしれませんぞ」

左衛門がいった。

「ほう。なぜ？　わしらに身請けさせようとしているのに、なぜ、霧壺を亡き者にしようというのだ？」

「匡時殿の父上が、万一、息子が霧壺をあきらめず、身請けしようとしているのを知ったら、激怒することでござろう。まして、霧壺が子を身籠もったときいて、どうなさるか？　霧壺を身請けさせて、生まれた子をお世継にするのを認めるか、それとも認めずに抹殺するか」

「なるほど。匡時殿の父の命《めい》を受けた刺客ということもあるというのだな」

「はい」

「では、大丸屋や南海屋、越後屋にも、刺客を雇って霧壺を亡き者にしようとする動機はあるのか？」

「それぞれ、後継ぎの問題が絡めば、ないことはないと思います」

左衛門は大きくうなずいた。

文史郎は腕組をして考え込んだ。

大門も権兵衛も、弥生もしばらく沈黙した。

道場から稽古をする竹刀《しない》の音や床を踏み鳴らす音、気合いがきこえてくる。

「権兵衛、ともあれ、明日にでも吉原に出向こう。そして、なんとか、霧壺に会い、ことの真偽を確かめようではないか。ことはそれからだ」

権兵衛はうなずいた。

「さようでございますな。霧壺本人に直接問いかけねば、何も分かりますまい」

「……霧壺さん、本心を明かしてくれるかしらねえ……」

弥生がぼそっといった。

「弥生、何かいったか？」

文史郎が訊いた。

「いえ、独り言です」

弥生は白い歯を見せて、にっと笑った。

六

文史郎は、弥生、大門、左衛門、権兵衛と連れ立って、吉原の大門を潜った。

吉原遊廓は名物行事「俄《にわか》」が催され、仲之町は見物人でごった返していた。

「俄」は廓の住人たちが座敷や街頭で即興の寸劇や狂言を面白可笑しく演じて、日頃、抱えている不満や鬱憤《うっぷん》を晴らす行事だ。

　この日ばかりは、遊女、若い衆、賄い女、下男下女たちの区別なく、役者や狂言師に扮したり、仮装してばか騒ぎをする。

　元々は京都の遊廓島原で始まったものだったが、のちに吉原に移された行事である。「俄」が行なわれる日々は、吉原は七夕祭り同様に一般にも開放され、普段は入れない女子供も自由に出入りできる。

　弥生は、いつものように美男剣士の若侍姿だったが、俄仕立ての遊女たちの侍姿に混じると、まったく違和感がなく、吉原の「俄」の雰囲気に溶け込んでいた。

　弥生も初めて見る籬の花魁遊女たちを興味津々、好奇な眼差しで見回していた。

「殿、見て見て」

　弥生は大はしゃぎで、文史郎の袖を摑み、通りがかりの仮設舞台を指差した。

　演じられているのは桃太郎と家来の犬、雉《きじ》、猿の寸劇だった。

　桃太郎に扮した色っぽい遊女が、犬や雉、猿に扮した男衆たちを率いて、遊女が扮した張りぼての太っちょ赤鬼、背高のっぽで痩せっぽちの青鬼を相手に、滑稽で派手な仕草の大立ち回りを演じている。

　見物客たちは、それを見ながら、笑い転げ、やんやの大騒ぎ。拍手喝采しては、からかいの野次を飛ばす。

遊女の桃太郎や犬、猿、雉たちは負けておらず、芝居そっちのけで、野次に応酬《おうしゅう》したり、筋から外れたことを即興で演じている。

仕舞いには、みんなが知っている筋書きとはまったく逆に、桃太郎たちは、赤鬼、青鬼たちに負けて降参し、ほうほうの体《てい》で逃げ出し、舞台から引っ込んだ。

観客は大爆笑。拍手をして、赤鬼青鬼を誉め称える。

「おもしろいわあ」

弥生はまるで童心に戻ったかのように大喜びをしている。

文史郎は、そんな弥生を見ながら、吉原に連れて来たのは間違いではなかった、と思った。

今日ばかりはと、子供たちが、仲之町の人混みを、歓声を上げて駆けて行く。

吉原遊廓は、大人の男だけが楽しむ場ではない。江戸庶民の誰もが楽しめる別天地のあそび場なのだ。

大門も左衛門も、物珍しげに、きょろきょろとあたりを見回しながら歩いている。

権兵衛は引手茶屋山口巴の前に来ると、いち早く店に入り、女将に到着を告げた。

店の内所《ないしょ》から慌ただしく出て来た女将は、満面に愛想笑いを浮かべながら文史郎を迎えた。

「お殿様、ようこそ、御出でくださいました。どうぞお上がりくださいませ」

「お殿様ご一行様、ご案内」

「へーい」

「ようこそ、御出でくださいました。どうぞどうぞ、お二階へ」

女中や若い衆が迎えに現れ、口々に歓待し、文史郎や弥生たちを二階へ案内する。

「殿、楽しみですな」

大門はそわそわしていた。すでに酒が入っているので、顔は赤くなっている。

弥生は膳の前に座っているが、手持ち無沙汰で、外からきこえるお囃子《はやし》や俄狂言の声に気もそぞろの様子だった。

「殿、やけに落ち着いておられるではないですか。珍しい」

左衛門は文史郎に囁いた。

文史郎は目で同席する弥生を差した。

「弥生の前だ。にやけていては、男がすたろう。爺も毅然としておれ」

とはいうものの、文史郎も内心、穏やかではなかった。

なにしろ、花魁の霧壺との初会である。

興奮しないわけがない。

幇間や女芸者もやがてやって来るという。

権兵衛から、事前に、初会のしきたりは十分にきいてはいる。

いくら花代、揚げ代を用意しても、初会で見初《みそ》めた花魁と、その夜、同衾《どうきん》することはない。いろいろ、それに至る儀式めいた手続きが必要なのだ。

まずは初め一夜限りでも、夫婦になる固めの杯事をする。いわば仮祝言だが、これが「引付《ひきつけ》」という儀式。

敵娼《あいかた》の花魁は、このとき、口も利かずに、そっぽを向き、こちらを相手にもしない。いってみれば、相撲の仕切りと同じく、初顔合わせの見合いである。

このとき、男は、花魁をはじめ、そのお付きの振袖新造、番頭新造、禿まで、さらには、幇間から女芸者、店の管店やら若い衆まで大盤振舞して、大酒宴を張らなければならない。けちけちしていては、花魁もなびかない。

初会で、花魁が男を気に入り認めればよし、あの人は嫌となれば、それで終わり。

男は、その花魁をあきらめるしかない。

花魁が、男を憎からず思えばよし。

初会はこれで終わり、日を置かずに、今度は花魁が「裏を返し」て男と会うことになる。

ここで花魁は男と初めて口を利く。

こうして、親しさを増して、三度目に会うときからは、男は花魁の「馴染み」となり、ようやく花魁と一夜を共にすることができる。

しかし、そのときでも、花魁と寝ることができるかどうかは、花魁の気持ち次第。仮に床を同じうしても、花魁が拒めば、添え寝だけということもありうる。

いろいろややこしい手続きがあるが、文史郎が依頼人から許されているのは、霧壺の「馴染み」になって話をするところまでだ。

当然のことだが、霧壺と床を同じうして、一夜を明かすことまでは許されていない。

まして、間違っても、依頼人の惚れた相手に手を出すわけにはいかない。

手を出すつもりはないが、霧壺が、どのような一流の花魁なのかを、見極めたい。

そのためには、男女の危うい一線ぎりぎりまで付き合ってみたい。

それが文史郎には密かな楽しみだった。

「殿、待たせますなあ」

大門が浮かぬ顔でいった。

「まったく。いつ呼びに参るのかのう」

文史郎も腰が落ち着かない。

弥生がにやにやして文史郎や大門の様子を窺っている。

「辛抱。辛抱してこそ、楽しみも大きいのですからな」

左衛門がいつになく厳しい顔で説教じみた物言いをした。

階段を上がってくる足音がした。何人もの足音だ。

文史郎は脇息に肘をかけ、鷹揚《おうよう》に構えた。

内心では、初めての立ち合いに臨むときのように、胸が高鳴っていた。

座敷の入り口に現れたのは、権兵衛と女将だった。二人の後ろに松葉屋の姿もあった。

「永らくお待たせいたしました。申し訳ございません」

女将が頭を下げて謝った。あとから松葉屋が進み出た。

「まことに申し訳ありませんが、本日、花魁の霧壺は床に伏せっており、とても初会には出られないと申しております。いかがいたしましょうか?」

「なに？　霧壺は病に伏しているというのか?」

文史郎は左衛門と顔を見合わせた。

「霧壺は、そんなに具合が悪いのか？」

「いえ。重い病ではなさそうなのですが、本日は、とてもお目にかかれる状態ではない、と申しておりますので」

「さようか。では、致し方あるまい。今日は霧壺との初会をやめておこう」

「殿、いかがでしょうか？　松葉屋さんが、霧壺とは別の花魁をご用意してくれる、とのことですが」

権兵衛が言い淀んだ。

大門がにやけながらいった。

「仕方がないですな、霧壺が都合悪いとなれば、殿、いかがでしょう、この際ですから、別の花魁でも会ってみては」

「大門、余は霧壺に会いに来たのだ。ほかの花魁には用はない」

「それはそうですが、せっかくなのですから……」

「大門殿、そんなに遊んで行きたければ、あなただけ、ここに残りなさい。当然、花代、揚げ代、宴会の費用は大門殿の支払いですぞ」

左衛門が冷たく言い放った。

「冗談、冗談。左衛門殿、冗談でござる。本気になさるな」

大門は苦笑いした。

文史郎は内心、裏切られた思いだった。

霧壺を助けたとき、必ずお会いする、といっていたというのに。

しかし、ここで怒っては男がすたる。粋《いき》ではない。

粋で行こう。

文史郎は腹立ちを圧《お》し殺し、笑った。

「いやはや、吉原というところは、すごいところだな。初会でまだお目見得もしない霧壺から、初《しょ》っ端《ぱな》で、すげなく振られるとは、まったく思ってもいなかった」

「まったく申し訳ございませぬ。なんとお詫び申し上げたらいいか」

松葉屋は畳に額を擦り付けて謝った。

「いや、松葉屋、気に入ったぞ。霧壺のこと、それがし、甘く見ておった。これで、ますます霧壺に会うのが楽しみになった。次回は、裏を返すではないが、ぜひとも、霧壺に逢いたいもの。霧壺には、そう申してくれ」

「分かりました。そう申し伝えます。どうぞ、御気分を悪うなさりませぬようお願いいたします」

「心配いたすな。これも廓遊びの一つなのだろう。何ごとも、すんなりといってはおもしろくない。花魁になかなか逢えないところが、おもしろいと思わねばな」

文史郎は己に言い聞かせるようにいった。

権兵衛が頭を下げていった。

「さすが、お殿様のご寛容さに、権兵衛、あらためて感服いたしました。本日、霧壺には会えませんでしたが、いかがでしょう。吉原は、いまは俄の行事で賑わっています。俄を見物して回り、しばし、無聊《ぶりょう》をお慰めになられては……」

文史郎は権兵衛を見た。

権兵衛がしきりに外へ出ましょうと目配せしている。何かいいたいことがあるらしい。

「分かった。権兵衛、そうしよう。女将、本日は引き揚げる。吉原の俄見物でもして帰ろうと思う」

「さようでございますか。ほんとうに本日は失礼いたしました。どうか、次回には、お望みの霧壺さんをお会いできるよう準備万端整えておきますので、本日は、お許しくださいませ」

女将は松葉屋といっしょに深々と頭を下げた。

権兵衛は腰を低くして、先導するように歩いていた。

仲之町では、あちらこちらに俄仕立ての舞台が造られ、俄狂言や寸劇、おかしな格好で踊る舞踊が披露されている。

三味線が掻き鳴らされ、歌声が流れ、笛や太鼓《たいこ》の音が響く。

文史郎たちは、仲之町の外れから外れまで、ゆっくりと散歩した。

弥生が歩きながら文史郎にいった。

「お殿様、さすがです。それがしも、お殿様の男らしい太っ腹に、大いに感じ入りました」

「そうかのう。逢えぬとなれば、そうあきらめるしかあるまい」

「いやはや、殿、参りましたな。花魁は、皆、霧壺のように気位が高いのでござろうか」

左衛門は頭を振った。

大門は憮然とした顔で、みんなの後ろから歩いて来る。

権兵衛が文史郎の傍らに寄った。

「権兵衛、何か、それがしに、いいたいことがあるのか?」

「はい。内密なお話がありまして」

権兵衛はあたりの人混みをしきりに気にしていた。

「爺、弥生、大門、済まぬが、あたりを警戒してくれ。聞き耳を立てている御仁がいるやもしれぬのでな」

「は」

左衛門たちは先を行く文史郎と権兵衛の周りに気を配りはじめた。

「ほう、何かね？」

「実は、首代の鬼吉から殿に、お知らせしたいことがあるといわれまして」

「霧壺のことですが、昨日から霧壺の姿が消えたというのです」

「なんだって？　霧壺が消えただと！」

文史郎は思わず立ち止まった。

「声が大きゅうございます」

文史郎はあたりを見回した。聞き耳を立てている不審者はいない。

文史郎は声を押し殺して訊いた。

「それはほんとうか？」

「いま、鬼吉たち若い衆が必死になって廓の中を隈《くま》無く捜しているそうですが、まだ見つからないと」

「それで、初会に現れないというのか」

「はい」

「なぜ、松葉屋は、そうといわないのだ？」

「ことを大きくしないようにと思っているからです」

「まさか、足抜けしたのではあるまいな？」

「鬼吉たちは、それを疑っています」

「もし、霧壺が足抜けしたとなると」

「霧壺は厳罰を受けます。そうさせないために、内密にしておきたいのです」

「しかし、どうやって、霧壺は廓を脱出することができたのだ？」

「おそらく俄騒ぎのどさくさに紛れて、見物客に混じって廓の外に出たのでは、といっていました」

「ほう。誰の手引きか？」

「それは分かりませんが、霧壺付きの若い者が一人、いっしょに姿を消しているので、その男の手引きではないか、と」

「霧壺付きの若い者というと？」

「染吉《そめきち》という若い者だそうです。道中のとき、霧壺の盾になって死んだ若い者がいたでしょう？　染吉は、あの死んだ仁吉の弟分で、たまたま道中のときには、別の花魁の護衛をしていたので、守れなかったが、本来は、染吉と仁吉で霧壺を護衛する役割だったそうです」

「なるほど」

「あるいは、鬼吉は、もしかして、霧壺は何者かに攫《さら》われたのかもしれないとも心配しているのです」

「誰に？」

「この前、霧壺を襲った連中か、それとも、霧壺を守ろうとする誰かが、染吉といっしょに霧壺を隠したか。鬼吉たちには見当もつかないので、おいそれとは動けない。それで困っているのです」

「ううむ」

　文史郎は唸った。

「そこで、鬼吉からのお願いです。いま廓を上げて捜せば、下手《へた》をすると霧壺を追い詰めかねない。だから、首代たちが密かに捜し、霧壺を廓に無事に戻したい。ぜひ、廓の外を、剣客相談人に捜してもらえないか、というのです」

「しかし、どこを捜せばいいのかのう」

文史郎は腕組をした。

突然、通りすがりの籬で、三味線の清搔が搔き鳴らされた。

その賑やかな三味線の音が、文史郎たちの心配を搔き立てた。

いったい、霧壺は、どこへ消えたというのか？

これでは、身請けどころの話ではない。もしかして、霧壺の身が危ないかもしれない。

文史郎は清搔の音をききながら、霧壺の身を案じるのだった。

第三話　起請文《きしょうもん》騒動

一

翌日、権兵衛があたふたと安兵衛店にやって来た。

「お殿様、ちょっとお話が」

文史郎は井戸端での木刀の素振りを終え、井戸水をかぶり、さっぱりした気分で戻ったところだった。

「おう、権兵衛か。いかがいたしたかの？」

「今朝、田安様のお屋敷から使いが参りました。本日昼、若君が、ぜひ、お殿様にお会いしたいとのことでございます」

「どこで会おうというのだ？」

「先だっての料理茶屋『若杉』にお越し願いたいとのことでした」

文史郎は汗まみれの稽古着を脱ぎ、ぱりっと糊《のり》の利《き》いた浴衣《ゆかた》に着替えた。

「もしや匡時殿は、霧壺が失踪したということを知ったのではないか？」

「昨日の今日ですから、それはどうですか。多分まだ匡時様は御存知ない、と思いますが」

「では、どうして、急に会いたいと言い出したのか」

「おそらく、お殿様が吉原に行って霧壺と初会をするとおっしゃっていらしたから、匡時様は一刻も早く、お殿様にお会いし、霧壺の様子を知りたいのではないでしょうか」

「霧壺がいなくなったことを知ったら、仰天《ぎょうてん》いたすだろうな」

「心穏やかではないでしょうね」

「分かった。左衛門が戻ったら、『若杉』に出掛けることにしよう。匡時殿に、霧壺が襲われたことも報せねばならぬ」

「では、わたくしも、昼ごろには『若杉』に駆け付けましょう。それでは」

権兵衛は文史郎に一礼し、踵《きびす》を返して、細小路を引き返して行った。

文史郎は煙草盆《たばこぼん》を引き寄せ、キセルに莨《たばこ》を詰めながら考えた。

いったい、霧壺はどこへ消えたのか？　逃げるとしたら、親元か？　霧壺について、何も知らない。その生い立ちはもちろん、両親兄弟姉妹、家族、生まれた郷里もきいていないことに気付いた。

匡時なら、霧壺の身の上について聞き出しているかもしれない。

文史郎は火種にキセルの莨を点け、すぱすぱと煙を吸った。


霧壺が何者かに襲われ、危うく殺されそうになったこと、その数日後、霧壺は「俄」のどさくさに紛れて忽然《こつぜん》と消えたこと。

文史郎の話を聞き終わると、匡時はわなわなと軀を震わせた。

「けしからぬ。霧壺を殺《あや》めようとした輩《やから》は、いったい、何者だったのだ？」

「身許《みもと》不明の浪人者ややくざ者でした。だが、彼らは誰かに雇われた刺客だったと思われます」

「誰に雇われたというのか？」

「分かりません。廓の首代たちが生け捕りにした二人も何者かに始末され、何も訊きだせなくなりました」

「ううむ。もしや……」

匡時は腕組をし、考え込んだ。

文史郎は匡時に尋ねた。

「何か心当たりがあるのですかな？」

「もしかして、父上が配下に命じて、霧壺を亡き者にしようとしたのかもしれない」

「斉匡様が……」

「うむ。父上は、それがしが花魁にうつつを抜かすとは何ごとかとひどく立腹なさっておられた。まして、それがしが霧壺を身請けしようとしていることを知ったら、いかがいたすことか」

文史郎は左衛門と顔を見合わせた。

田安家第三代当主の斉匡が、息子匡時の行状に顔をしかめているのは、よく分かる。息子の行状を正すには、手っ取り早く、敵娼《あいかた》の霧壺を始末するのが一番だというのか。

匡時はふと顔を上げた。

「まさか霧壺は攫われ、殺されたのではなかろうか？」

「気休めを申すわけではありませぬが、それはない、と思います」

文史郎は匡時の様子を窺いながらいった。

「なぜだ？」

「もし、霧壺を殺すつもりなら、その場で殺すことでしょう。わざわざ廓の外に連れ出す意味がない」

「なるほど。では、霧壺は生きていると見ていいのだな」

「たぶん、生きていると思います」

匡時は安堵の表情になった。

「それをきいて、ほっとした。まだ希望があるということだな」

「しかり」

文史郎はうなずいた。

「しかし、問題は、霧壺が自ら望んで廓を逃げ出したのか、それとも、誰かに拉致《らち》されたのかになりますな」

「で、相談人は、どちらだというのだ？」

「いまのところ、証拠はありませんが、思うに霧壺は、また襲われるのを恐れて廓から出奔《しゅっぽん》したのではないかと」

「そうだとしても、霧壺は一人では、とうてい廓を脱出できないと思うがどうか。誰か廓の内と外で手引きをする者がおったというのか？」

「おそらく。外だけでなく廓内に手助けする者もいたはずです」

「ううむ」

「事実、霧壺といっしょに、染吉という若い者も姿を消しているそうです。その染吉が手助けしているのではないか、と思われます」

「染吉と申すか？　爺、その若い者を知っておるか？」

匡時は脇に控えた佐治又衛門に顔を向けた。

「覚えておりませぬな。霧壺が道中するときに、付いている若い者が何人かいたのは知っていますが、誰が染吉なのか……」

佐治又衛門は頭を左右に振った。

匡時は苦渋に満ちた顔でいった。

「まさか、霧壺は、その染吉と駆け落ちしたのではあるまいな」

「それもまだ分かりません。匡時殿には、霧壺から何か付け文か知らせはありませなんだか？」

「ない。爺、どうであろう？」

匡時は佐治に訊いた。

「もし、屋敷に付け文が届いておれば、門番から拙者のところに知らせがあるかと。

いままでのところ、何もそのようなことはありませんせん」

「……ううむ」

匡時は腕組をして唸った。

文史郎は続けた。

「廓の外に出ても、二人だけで逃げおうせるとは思われません。外にも、きっと染吉の仲間がいて、どこかへ霧壺を匿《かくま》ったのではないか、と思われます」

「なんのために霧壺は逃げたのかのう。ほんとうに、その染吉といい仲になって、ということはないかのう？」

匡時は心配顔で繰り返した。

文史郎は匡時の心中を察した。

なぜ、霧壺は逃げ出したら、真っ先に自分のところに連絡して来ないのだろう？

もしや染吉という若い者と情を通じて、駆け落ちしたのではあるまいか。

自分だけのものと思っていた霧壺に、ほかの男がいたかもしれぬとなると、胸の内は嫉妬《しっと》の炎が燃え盛っているのかもしれない。

「匡時殿、霧壺が駆け落ちしたとはまだ分かりませぬぞ。もしかして、廓から拉致されたということもありますからな」

「拉致されただと？　相談人、誰がなんのために、そのようなことをしたのだ？」

「いろいろ、考えられましょう。霧壺を身請けしたい、と思っている誰かが、カネではなびかないと分かって、強引に廓から連れ出したということもありましょう」

「まさか、越後屋の金兵衛がやったというのか？」

「いえ。必ずしも、越後屋とは限りません」

「なに？　ほかにも身請けしたいというやつがいるというのか？」

匡時は顔をしかめた。

「御存知ない？　ほかに二件ありますぞ」

「誰だというのだ？」

「一人は札差大丸屋の若旦那実代吉、それから廻船問屋南海屋の大旦那政兵衛も身請けしたいと松葉屋に申し入れていたそうです」

「札差と廻船問屋か。どちらもカネにものをいわせる連中だな」

匡時は呻くようにいった。

佐治又衛門が匡時の顔を見た。

「若君、大丸屋も南海屋も、越後屋に劣らぬ大尽にございますぞ。カネで身請け合戦を始めたら、とても勝ち目はありますまい」

「爺、それがしは、霧壺の真《まこと》を信じておる。きっと霧壺は、それがしに身請けされたい、と思っているはずだ。そう信じておる」

匡時は自信なさげにいいながら、文史郎に顔を向けた。

「相談人、どうだった？　おぬし、霧壺と話を交わしたのだろう？　霧壺はなんと申しておった？」

文史郎は頭を左右に振った。

「それがしが霧壺と話をしたといっても、二、三言葉を交わしただけですからな。何もきいておりません。それだけでは判じることはできませんな」

「そうか……」

「それから、あえて申し上げておきますが、廓に住む遊女の真を信じてはいけませぬぞ。遊女はあくまで遊女。廓は、嘘で成り立った世界。そこの住人の遊女も嘘を生きているはずでござる」

「相談人、おぬしに説教されたくない。そんなことは百も承知しておる。だが、それがしと霧壺の仲だけは、真のことだ。嘘ではない」

匡時の顔は真剣だった。

遊女に惚れた男は、みな自分だけは違うと思い込んでいる。

文史郎は傍らの左衛門と顔を見合わせた。

左衛門は頭を振った。

これ以上、いくらいっても仕方ない。

恋の病に取り憑《つ》かれた人間に、いくら正気になれといっても、馬の耳に念仏だ。

匡時は寂しげな笑顔になった。

「相談人は、それがしたちの仲を信じておらぬな。まあ、それもよい。いまのところ、何をいわれても、仕方がないからのう」

匡時は思い直したようにいった。

「相談人、どうだろう。ぜひ、霧壺を捜し出してほしい。捜し出してくれたら、いくらでも礼はする」

「分かりました。お引き受けしましょう」

文史郎は大きくうなずいた。

「もし、霧壺を襲った者たちが、父上の指図で動いている者だったら、容易ならぬ。それがしの配下の戸羽玄之勝《とばげんのしょう》を貸すが、いかがかな？」

「戸羽玄之勝？」

「おい、戸羽。前へ」

匡時は部屋の隅に控えている小姓に声をかけた。

「はい」

匡時についていた小姓が膝行して前に進んだ。

「殿、なんでございましょうか？」

戸羽玄之勝は文史郎に頭を下げた。匡時は文史郎にいった。

「この戸羽は腕が立つ男だ。何かの役に立とう」

「匡時殿、それがしたちに助太刀は無用でござる」

「そうか。では、こうしよう。今後、いちいち口入れ屋を通すことなく、この戸羽が直接に、おぬしたちと連絡を取る役にしたい」

「それは結構。分かり申した」

文史郎はうなずいた。戸羽は文史郎と左衛門に頭を下げた。

「よろしうお願い仕る」

二

翌日。

江戸の街に黄昏《たそがれ》が覆《おお》いはじめていた。

文史郎と左衛門は、道場で汗を流したあと、掘割沿いの道をゆっくりと安兵衛店に向かって歩いていた。

「爺、さて、どうしたものかのう」

「そうでございますな」

「どうやって霧壺の居場所を捜し出すか?」

文史郎は腕組をし、考えあぐねた。

霧壺を匿っているのは誰か?

身請けしようとしていた者たちを一人一人あたっていくしかあるまい。

まずは越後屋金兵衛か。大丸屋の若旦那、南海屋の大旦那も怪しい。

左衛門がしたり顔でいった。

「おそらく、首代の鬼吉たちが、必死に捜しているでしょうから、その報を待つしかないのでは?」

「そうよのう。わしらには、手がかりが何もない。それに比べて、鬼吉たちは、染吉の線を調べる手があるものな」

だいいち、越後屋にせよ、大丸屋にせよ、あるいは南海屋にせよ、自分たちが乗り込んで問い質《ただ》しても、霧壺を拉致したことなど、きっと認めるはずもないだろう。

「殿、あれはなんの騒ぎでございましょうな」

左衛門が安兵衛店の木戸を指差した。

薄暗がりの中、木戸のあたりに十数人の人だかりができている。

裏店のおかみさんたちが集まってわいわい騒いでいる。

「ほう。なんだろうのう」

文史郎は訝りながらも、歩を進めた。

「あ、お殿様だ」

「お殿様のお帰りだ」

お米やお福たちが、子供や赤子を抱え、文史郎と左衛門を迎えた。

「どうしたのだ？　この騒ぎは」

「どうしたもこうしたもないんですよ。妙な侍連中が長屋に押しかけ、わたしらを追い出して、家捜ししているんですよ」

「なに？　侍連中が家捜ししている？　何を捜しているというのだ？」

「この長屋のどこかに、廓を逃げ出した花魁を匿っているだろう、と」

「お殿様が連れて来たはずだって」

「わしらが連れて来ただと？」

文史郎は左衛門と顔を見合わせた。

お福がいった。

「お殿様たちが花魁を匿っているはずだと。隠しているとためにならぬぞ、とだんびらをちらつかせて、わたしらを長屋から追い出したんですよ。ひどいじゃありませんか」

「いくら、わたしらがお殿様には、女のおの字もない、といっても、あいつら信用しないで、わたしらを長屋からしめ出したんですよ。それで一軒ずつ、家捜ししているんです」

「あ、あいつらです、お殿様」

お米が長屋の間の細小路を指差した。

細小路に大勢の黒い人影が現れた。

左衛門が先に木戸を潜り、黒い人影たちに怒鳴った。

「おぬしら、何者だ！」

黒い人影たちは、一斉に左衛門に向いた。

いずれも、どこかの家中《かちゅう》らしい侍たちだった。

文史郎は左衛門の後ろについて立った。

頭《かしら》らしい侍がすすっと前に歩み出た。

「おぬしが、長屋の殿様こと相談人の大館文史郎殿か」

「さよう。おぬしらは、どちらの御家中か？」

「故あって名乗るわけにはいかぬが、おぬしたちが匿っている霧壺を黙って渡してくれぬか？」

文史郎は頭らしい男に宣するようにいった。

「あいにくだが、霧壺を匿ってはおらぬ。もし、匿っていたとしても、名も名乗らぬおぬしらに引き渡すつもりはない」

「おのれ、隠し立てするのか？」

「隠し立てなどしない。おぬしら、よく長屋を捜しただろう？　どこにも霧壺など隠してなかったろうが」

頭らしい侍に若侍の一人が耳打ちした。

「よし、引き揚げだ。引け引け」

頭の侍は大声で手を振った。

細小路に屯《たむろ》していた侍たちは、一斉に裏木戸へ向かって引き揚げはじめた。

「なんだなんだ。お殿様が帰ってきたら、尻尾《しっぽ》巻いて逃げるってえのか」

「へっぽこ侍、一昨日《おととい》御出で」

「自慢じゃないが、こんなぼろ長屋に花魁なんか匿えるもんかい。さっさと帰りやがれ」

「帰れ、帰れ」

おかみさんたちは、一斉に侍たちに罵詈雑言《ばりぞうごん》を浴びせかけた。

頭ともう一人の人影が、殿《しんがり》となって残り、ほかの侍たちが引き揚げて行く。

文史郎は左衛門を除けて頭の前に歩み出た。

「もう一度訊く。おぬしら何者だ？」

「名乗るほどの者にあらず」

頭は嘲《せせ》ら笑った。

「では、名乗るまでおぬしを帰さぬ」

文史郎は頭に詰め寄ろうとした。

突然、頭の背後から、人影が現れた。

その侍だけが着流し姿で、黒頭巾を被っている。目だけが異様にぎらついていた。

黒頭巾が頭を背に庇い、文史郎の前に立ちはだかった。刀の柄《つか》に手をかけている。

「ほう。おぬしが、やる気か」
文史郎は刀の鯉口《こいぐち》を切った。
黒頭巾から殺気が噴き上がった。身じろぎもしない。
居合いか。
抜き打ちに人を斬る構えだ。
文史郎は抜き打ちに備え、斬り間に入らぬようにした。
細小路は狭いので、左右には動けない。
二人は小路に並べない。一人が刀を振り回すのがやっとの広さだ。
「殿、お気をつけて」
左衛門が背後から声をかけた。
すでに侍たちのほとんどが裏木戸を抜けたらしく、細小路から姿を消していた。
頭と、その黒頭巾だけが残っていた。
文史郎は黒頭巾と睨み合った。
どこからか、鋭い口笛の音が聞こえた。
頭が黒頭巾にいった。
「よし。引き揚げだ」

「しかし、頭」

「いいから、引け。無用な騒ぎは起こすな」

黒頭巾は手を刀の柄にかけたまま、じりじりと後退した。

一歩でも文史郎が歩を進めれば、斬ってかかる気だ。

「殿」

「分かっておる」

文史郎も刀に手をかけたまま、一歩前へ出た。

瞬間、黒頭巾の軀が動き、一閃《いっせん》して刀が文史郎を襲った。

切っ先が小袖の襟元《えりもと》を掠《かす》めて落ちた。

文史郎は相手の刀の動きを読み切り、切っ先を躱して前に出た。

いったん引いた刀の切っ先が、音もなく文史郎の喉元に向けて突かれた。

文史郎は刀の柄《つか》で切っ先を叩いて避けた。

冷汗が背筋に流れた。危うく喉を突かれるところだった。

出来る。相手はかなりの剣の遣い手だ。

細小路では狭いので、逃げ場がない。

相手は突きに突いて来る。いつまでも避け切れるわけではない。

「引け、引くんだ。無用な立ち合いはするな」

頭が怒鳴った。

「文史郎、この勝負、お預けとしよう」

黒頭巾はそれだけいうと、細小路をするすると後退して行った。

「おのれ。逃げるか」

左衛門が後ろから黒頭巾に駆け寄ろうとした。

「待て、爺。やつは出来る」

文史郎は手で左衛門を止めた。

その間に黒頭巾は頭とともに裏木戸へ走って消えた。

おかみさんたちの歓声が上がった。

「帰れ帰れ」

「二度と来るな」

「へなちょこ侍、へっぽこ侍、ざまあみな」

おかみさんたちが意気軒昂《いきけんこう》に侍たちに罵声を浴びせていた。

「いったい、何者だったのですかね」

左衛門が文史郎に訊いた。

文史郎は頭を振りながらいった。

「爺、あの黒頭巾、何者であろう？　もしや、生け捕りにした下手人や若い者たちを斬った男ではないか？」

「かもしれませんな」

左衛門はほっと安堵の息をつきながら答えた。

どこかで、激しく犬が吠える声が上がった。

おそらくあの侍たちの一団に吠えている声だろう、と文史郎は思った。

三

翌朝。

日本橋の越後屋本店は、いつもながら、大勢の女客や御供の男たちが出入りし、大賑わいだった。

文史郎は左衛門を先に立てて、本店の店先に歩を進めた。

出迎えに現れた番頭に、左衛門が来意を告げた。

番頭はちらりと文史郎の風体《ふうてい》に目を走らせると、少々お待ちくださいませ、と頭を下げ、慌ただしく店の奥へ引っ込んだ。

文史郎は左衛門といっしょに框《かまち》に腰を下ろして待った。

店先には、武家の奥方や奥女中たち、商家のお内儀や着飾った娘、その使用人らしい男たちが、番頭たちを相手に、さまざまな反物を見ながら談笑している。

小番頭や手代たちが、反物を抱えて、店の奥と店先を忙しく行き来している。

「かなり繁盛しておるな」

「まったく、いまや武家よりも、町家商家の方が飛ぶ鳥を落とす勢いにございますな」

先刻迎えた番頭を従え、いかにも、越後屋の大旦那といった風情の初老の男が、腰を低めながら現れた。

「これはこれは、剣客相談人様、ようこそお越しになられました。私は、当店の主人の金兵衛にございます」

金兵衛は背こそ低いが、肩幅が広く、でっぷりと太っている。顔は脂《あぶら》ぎり、額がてらてらと光っている。

左衛門は文史郎を手で差した。

「こちらは元那須川藩主若月丹波守清胤様改め大館文史郎様にございます」

「よろしく」

文史郎はやや頭を下げた。金兵衛は満面に笑みを浮かべた。

「こちらこそ、よろしうお願いいたします。で、本日、お越しになられたのは、どのようなご用件でございましょうか？」

「松葉屋の花魁霧壺が失踪したことについて、少々貴殿にお尋ねしたいことがあるのだが」

文史郎は静かにいった。

金兵衛は身を乗り出した。

「霧壺の居場所が分かったのですかな？」

「いや、まだだ」

「まだ分からないのですか」

金兵衛はがっかりした様子だった。

「そこもとは、霧壺が失踪したことに、何か心当たりがあるのでは？」

金兵衛は、あたりを見回した。

「……その件につきましては、私も事情がよく飲み込めず、困惑しておりまして」

「そこもとは霧壺を身請けなさりたい、と申し入れていたとおききしたが」

「はい。……大番頭さん、奥の部屋を用意してください」

金兵衛は後ろに控えた中年男の番頭にいった。

大番頭と呼ばれた男は、額の広い、目の鋭い男だった。どこか陰《かげ》があるように感じさせる、気が抜けない男だ。

大番頭は「へい」と頭を下げ、急いで店の奥へ消えた。

「……ここでお話しするのもなんですので、お上がりいただけませぬか。奥でお話しを承ります。さあ、どうぞお上がりください」

金兵衛は文史郎と左衛門に促した。

「では、御免」

文史郎は草履を脱ぎ、座敷に上がった。左衛門が続いた。

「あ、誰か。お客さまの履物を」

金兵衛があたりに声をかけた。

すぐに、どこからか下足番が飛んで来て、二人の草履を片付けた。

「では、こちらへ」

金兵衛は文史郎の先に立って店の奥へ案内した。

文史郎たちが案内されたのは、大事な客を遇すための客間だった。掃き出し窓からは、狭いながらも松の木や梅の木、竹林が揃った庭を眺めることができる。

小さな築山《つきやま》の前には池があり、錦鯉《にしきごい》の魚影が見えた。

先の番頭が文史郎たちのために座布団の席を作っていた。

床の間を背に文史郎は、金兵衛と向き合うように座った。

番頭が引っ込み、代わって女中が茶を運んで来た。

文史郎と左衛門、金兵衛の前にお茶が置かれた。女中は文史郎に一礼すると、そそくさと部屋から出て行った。

女中が台所へ姿を消してから、金兵衛は徐《おもむろ》に口を開いた。

「霧壺のことですが、なぜ、私が正式に請け出すのを待たずに出奔《しゅっぽん》したのか、ほんとうに驚いておるのでございます。あれほど私が迎えに行くまでじっと我慢して待つようにと、口を酸っぱくして申し付けておりましたのに」

「なに？　霧壺は、おぬしが身請けするのを承知しておったというのか？」

「はい。もちろんでございます。そうでなければ、私が手付け金の二千両など用意するものですか」

「……二千両の手付け金？」

文史郎は左衛門と顔を見合わせた。

いったい、どうなっているのか？

「そうでございます。身請けのための手付け金は、すでに松葉屋さんに渡してあります。ですから、あとは霧壺本人が首を縦に振れば、身請けの話は無事に済んだはずなのです」

「では、そこもとは霧壺が廓から突然消えたことを事前に知らなかったというのだな？」

「はい。知りませんでした。だから、廓の松葉屋さんから、その知らせを受けて驚いたのです。いったい、どうなっているのかと問い質したところ、いま廓を上げて調べているので、いましばらく待ってほしい、と」

「霧壺には、おぬし以外にも、身請け話を持ちかけていたときいたが」

「はい。私も知っております。大丸屋の息子と、それから南海屋の大旦那でございましょう？」

「それ以外にも、武家もいるのは存じておるか？」

「はい。存じてます。田安様の若殿様でございましょう？　でも、若殿様も、ご自分の御身分やお立場をお考えになられれば、いくらなんでも花魁を側室に迎えることなどできることではありますまい」

「その若殿様があきらめなかったら……」

「ご冗談を。以前、ある大藩のお殿様が吉原の花魁を身請けしたとき、幕府は激怒して、その殿様を改易になさり、御家も取り潰しにした。それなのに、もし、身内が花魁を請け出すのを見過ごすとしたら、天下に示しがつかぬでしょう。将軍様がお許しになりますまい。だから、ありえないと思いますよ」

「…………」

文史郎は左衛門と顔をまた見合わせた。

金兵衛のいうことは、もっともだった。

「ですから、相談人様、霧壺は、きっと誰かに攫われたのだと思います」

「その誰かというのは？」

「大丸屋か南海屋のどちらかですよ。どちらかが、私に身請けさせないために、カネで誰かを雇い、霧壺を攫わせたのだと。私はそう睨んでいます」

「なるほどのう」

「相談人様、ぜひ、大丸屋と南海屋をお調べになってくださいませ。そして、いってやってくださいませ。霧壺は私のものだ。誰にも渡さない。もし、すぐにでも霧壺を返してくれねば、私にも考えがあると」

「ほう、穏やかではないな。いったい、何をしようというのだ？」

「いかがでしょう？　相談人様、私のために、霧壺を取り戻していただけませんでしょうか？　霧壺を助け出していただければ、お礼はいくらでも差し上げます」

「越後屋、我々は、すでにある人から依頼されて、霧壺を捜している。依頼人をおぬしに乗り換えることはできぬ」

「霧壺を連れ戻していただければ、五百両を出しましょう」

「駄目だ」

「では、八百両。……ええい、千両でいかがでしょう？」

金兵衛は思い切ったようにいった。

文史郎は頭を振った。

「越後屋、悪いが、いくらカネを積まれも、駄目なものは駄目だ。先の依頼人との約束を反古《ほご》にすることはできぬ」

金兵衛は疑い深そうな目で文史郎を見つめた。

「その依頼人というのは、もしや……」

「安心せい。大丸屋でも南海屋でもない」

「では、いったい、どなたの依頼なのです？」

「誰に頼まれたのかを明かすことはできぬ。相談人の信義にもとることなのでな」

「そうですか。……分かりました」

金兵衛は不満げだったが、しぶしぶとうなずいた。

「ところで、越後屋、あらためて尋ねるが、霧壺は、ほんとうにおぬしに身請けしてほしい、と申しておったのか？」

「はい。霧壺は可愛い女子です。私に心底惚れたといってました。私が身請けしようといったら、霧壺は嬉し泣きしておりましたからね。そして、右腕に金兵衛命と墨で入れたくらいですから」

金兵衛はにんまりと思い出し笑いをした。

遊女は惚れた男の名を腕に入れ墨し、その男の女である誓いを立てる。

「霧壺が身籠もっておるのは存じておるか？」

「もちろんですよ。霧壺が私の子を身籠もったと教えてくれたから、私は身請けする決心をしたのですからね」

文史郎は左衛門と顔を見合わせた。

「お腹の子は、おぬしの子だというのか？」

「決まっているじゃありませんか。ほかに誰の子だとおっしゃるのですか？」

金兵衛は赤ら顔をしかめた。

「どうして、おぬしの子だと分かった」

「いやですよ、相談人様、それが分かるのは、霧壺だけでしょう。霧壺本人しか、分からないこと」

「だが、ほかの馴染みの子ということもあるのではないか？」

「霧壺は、私に操を立てているんです。たとえいくら金を積まれても、ぬしさま以外の男と褥《しとね》を同じうしない、と」

金兵衛は立ち上がり、床の間の手文庫を開けた。中から熊野神社《くまのじんじゃ》の起請文《きしょうもん》を取り出した。

「ほれ、このとおり」

その起請文には、金兵衛と契《ちぎ》りを結んだ証《あかし》として、神前での誓いが書かれ、霧壺の署名が麗々《れいれい》しく記してあった。

誓紙には三本脚の鴉《からす》が描かれてある。

「なるほどのう」

「間違いないでしょう？　私は子宝に恵まれておりません。妾も何人か囲っているのですが、どうも、子が出来ない。出来ても、女子ばかりで、男の子がいない。ですから、霧壺が身籠もったときき、これは神様が私の願いをきいてくれたのだ、と思いました。今度こそ、男の子が授かるだろうってね」

「男の子と限らないのではないか？」

「いえ。霧壺がいっていたのです。夢枕に七福神が現れ、男の子を授けるとおっしゃっていたというのです」

「ほんとうにそうならば、目出度《めでた》い話だのう」

「相談人様は、お疑いですか？」

金兵衛はじろりと文史郎を睨み、そそくさと熊野神社の起請文を畳み、手文庫に仕舞い込んだ。

「相談人様、同じお疑いになるなら、ぜひ、南海屋をお調べになってください」

「ほう。どういう疑いを持てというのだ？」

「南海屋の政兵衛は、きっと何か企んでおりますぞ」

「何を企んでいるというのだ？」

「政兵衛の背後には、薩摩藩や佐賀藩がいます。政兵衛は薩摩や佐賀の差し金で、霧壺を人質にして、私を強請《ゆす》ろうとしているのでしょう」

「何を強請るというのだ？」

「これは内緒のことなのですが、私ども、異国と生糸の貿易を行なっています。もちろん、幕府の御朱印《ごしゅいん》を頂いてのこと。南海屋は以前から、私どもに一口乗せろといっていたのです」

「なるほど」

「だから、政兵衛は、霧壺を身請けしようとしている私に邪魔をし、身請けの代金を吊り上げたりした。邪魔されたくなければ、商売に割り込ませろと言って来ていたのです。ですから、南海屋は霧壺が私の所に来ると知り、強引に霧壺を拉致したのではないかと思うのです。南海屋がいちばん怪しい。ぜひとも、やつをお調べくださいませ」

　金兵衛は真剣な眼差しで文史郎に迫った。

　文史郎と左衛門は、越後屋を辞して、日本橋の大通りを歩き出した。

　文史郎は出てきたばかりの店を振り向きながらいった。

「爺、いまの越後屋の話、いかが思ったか？」

「二千両もの手付けを打ったということは、越後屋、相当に霧壺に入れ揚げておりますな」

「うむ。しかし、分からなくなった。霧壺が身籠もった子というのは、いったい、誰の子なのだ？　さっきの話では、越後屋の子のようだが」

「殿、霧壺は、相当のタマですぞ。それがしも、危うく匡時殿の子だと信じかけておりました。だが、越後屋の話をきいて、どうも怪しくなりましたな」

「爺……」

背後に駆けてくる人の気配があった。

振り向くと、行き交う通行人を追い抜いて、先ほどの大番頭とお内儀然とした中年の女が駆けて来る。

「もし、相談人様、お待ちください」

大番頭と中年の女は、息急《せ》き切って追い付くと、しばらく肩で息をしていた。

左衛門が頃合を見て訊いた。

「先ほどの大番頭ではないか。いかがいたしたのだ？」

「相談人様たちにお願いがあります」

「お願いです。相談人様」

大番頭とお内儀は文史郎の袖に縋り、頭を下げた。

大番頭は彦兵衛《ひこべえ》と名乗った。いっしょに駆けて来たのは、金兵衛のお内儀の久恵《ひさえ》だった。

近くの水茶屋の座敷に上がると、二人は堰《せき》を切ったように交互にしゃべりはじめた。

「大旦那様は、店のことも考えずに、吉原の花魁霧壺に入れ揚げ、金を遣い放題なのです。私どもの反対を押し切って、先日は二千両もの大金を吉原にお持ちになった」

「それも、霧壺という若い女郎を請け出すためだというではありませんか。私は口惜しくって口惜しくって。そんな雌狐《めぎつね》を請け出すために、みんなで汗水流して働いたわけじゃなし、私は旦那様に、やめてほしい、とお願いしたんですよ。そうしたら」

久恵はわっと人目も憚《はばか》らず泣き出した。

「いったい、どうなすったのだ?」

「おまえとは別れてもいいって。出て行きたかったら、さっさと出て行けというんですよ。癪《しゃく》に障《さわ》るといったらないでしょう?」

「私も店を預かる大番頭として、旦那様に、そんなに吉原に入れ揚げていると、いくら越後屋でも大黒柱が揺らぎかねない、と申し上げたのです。そうしたら、私にも、旦那様は、いつでも出て行っていいんだよ、と」

「なるほど。困ったものだのう」

文史郎は腕組をし、考え込んだ。

彦兵衛はしきりに頭を下げた。

「お願いです。相談人様からも、旦那様を諭していただけないでしょうか。廓遊びをやめて、本業の商売に戻ってくださいますように、と」

「旦那様は、あの雌狐に騙されているのです。ぜひとも、あの雌狐に旦那様と別れるようにいってほしいのです」

「このままでは、越後屋は破産しかねない。破産しなくても、旦那様の浪費が祟《たた》り、屋台骨が傾きかねない。信用も失い、越後屋は潰れます。なんとしても旦那様に正気に戻ってほしいのです」

「あの霧壺さえいなければ、こんなことにならなかった。あの雌狐が憎い。相談人様、あの雌狐を殺すでも、痛め付けるでもいい、どうやっても、旦那様から引き離してほしいのです。お願いいたします。いくらでもお金は用意いたしますので」

久恵は必死に懇願した。

「もし、霧壺が請け出され、お内儀さんの座についたら、店の中は大混乱になりましょう。きっと立ち行かなくなりましょう。そうなる前に、いっそのこと、私がこの刀《とう》子《す》で……」

彦兵衛も興奮した口調でいい、懐に手を入れた。

文史郎は両手で二人を抑えた。

「分かった。二人とも、早まるな」

「では、引き受けていただけるのですね」

「ありがとうございます。あの、雌狐さえいなくなれば……」

左衛門が慌てていった。

「ちょっと待て。殿は引き受けたわけではないぞ」

「え？」

「駄目ですか？」

彦兵衛と久恵はがっかりした顔になった。

文史郎は二人を宥《なだ》めるようにいった。

「おぬしらの事情は分かった。わしらはまだ霧壺とちゃんと会ってもいないのだ。だから、会ったら、おぬしらの要望を話してはみよう。だが、霧壺を殺すとか、痛め付けるといったことはしない。おぬしらも、手出ししてはならぬぞ。いいな」

文史郎は左衛門と顔を見合わせ、溜め息をついた。

「殿、厄介な仕事を引き受けてしまいましたな」

左衛門は苦々しくいった。

四

文史郎と左衛門は、その足で、蔵前に店を構える札差の大丸屋に立ち寄った。

大丸屋の大旦那の松兵衛は、店先で開口一番にいった。

「実代吉が霧壺を請け出すですと？　とんでもない。先日、私は倅実代吉を勘当《かんどう》いたしました。町役《ちょうやく》にも、正式に実代吉につき大丸屋から勘当した旨《むね》を届けてあります」

文史郎は驚いた。

「では、実代吉は、こちらにいない？」

「おりませぬ。もはや、親子の縁も切ったので、大丸屋とは無縁の者です。外で何をしようと、大丸屋には関係ありませぬ。野垂《のた》れ死のうが、土左衛門になろうが、私の知ったことではありませんので、あしからず」

「どちらに行ったかは？」

「知りませんな。あんな放蕩三昧《ほうとうざんまい》のどら息子のことなど」

松兵衛は禿頭《とくとう》に申し訳程度の小さな髷を載せていた。顔は愛敬のある丸い狸顔《たぬきがお》だったが、目は狐のように眼光鋭く、唇が薄かった。

吝嗇だと聞いていたが、噂に違わず、文史郎たちにも、お茶一つ出さなかった。

松兵衛は、それだけいうと、キセルを出し、種火につけて煙草を吸いはじめた。

文史郎は、傍らに座ったお内儀に訊いた。

「お内儀さんも御存知ない？」

「私は存じません」

お内儀は俯いたまま頭を振った。

丸髷のうなじがかすかに震えていた。

文史郎は左衛門の顔を見た。

左衛門は頭を左右に振った。

お内儀は何か知っている、と目配せした。

「ところで、松兵衛、霧壺が失踪した。何か心当たりはないか？」

「存じませんな」

「実代吉が請け出そうとしたということは、馴染み客だったということだろうのう」

「存じません。先ほども申しましたように、勘当した実代吉のことなど、もう、どうでもいいのです」

「もしかして、勘当された実代吉が、このままでは霧壺を身請けできないとなり、無理遣《や》り、霧壺を拉致して、足抜けさせたのではないのか？」

「相談人様、もし、そうであっても、いまの大丸屋とは無縁の男の所業。なんとも、申し上げられませんな」

「さようか」

文史郎はこれでは松兵衛から何も聞き出せないな、と思った。

松兵衛は冷ややかにいった。

「相談人様も、どうぞ、実代吉に出会うことがありましても、大丸屋はもはや関係がありませぬので、甘い口車には乗らないようにしてください」

「うむ。そうしよう」

「先日も松葉屋さんから、実代吉が使ったお金の請求書が届きましたが、勘当した息子の遊んだ金など、びた一文払いませんと、突き返してやりました。本人に支払わせてくださいと」

文史郎は左衛門に引き揚げよう、と目配せした。

「いやはや、参りましたな。予想はしていましたが、まさか、息子を勘当していたとはねえ」

左衛門は苦笑いした。文史郎は左衛門に、

「どう思う？　お内儀さんは何か知っているようだったな」

「はい。日をあらためて、お内儀さんに尋ねてみることにしましょう」

「いや、そうしなくても大丈夫らしい」

文史郎は立ち止まり、来た道を振り向き、店の前を窺った。

ちょうど、店から番頭を従えたお内儀が現れたところだった。

お内儀は、店の前に待たせてあった駕籠に乗り込んだ。

駕籠舁《か》きたちは掛け声も高く、歩き出した。包みを持った番頭が駕籠に付いて歩く。

「爺、どこへ出掛けるのか、あとを尾《つ》けてみるとするか」

文史郎は懐手をし、左衛門を促した。

「御意のままに」

左衛門ものんびりと駕籠のあとを尾けて歩き出した。

午後の陽は、西に傾き、だいぶ陽射しもやわらいでいる。大川を渡る風が涼しげに川面に細波《さざなみ》を立てていた。

五

お内儀を乗せた駕籠は、神田川沿いの道を遡《さかのぼ》り、やがて路地に折れて消えた。

文史郎と左衛門は、足早に路地の角に歩み寄った。

駕籠は大名屋敷の門前に止まっていた。

お内儀と番頭が、門番たちに挨拶しながら、通用口を潜って姿を消すところだった。

駕籠舁きは待つようにいわれたらしく、門前の隅に座り込み、キセルを燻《くゆ》らせはじめている。

「誰のお屋敷だ？」

「きいて参りましょう」

左衛門はすたすたと路地に入り、門前に休んでいる駕籠舁きたちに歩み寄った。

左衛門は駕籠舁きたちになにがしかの銭を渡し、雑談しはじめた。

しばらくして、左衛門は戻って来た。

「どうであった？」

「播磨姫路《はりまひめじ》藩の上屋敷だとのことです」

「何、播磨姫路藩の酒井《さかい》様の上屋敷だと？」

播磨姫路藩は十五万石の譜代大名である。

「駕籠舁きたちの話では、大丸屋の若旦那実代吉は以前から、この屋敷に出入りしているとのことでした」

「これか？」

文史郎は骰子《さいころ》を振る仕草をした。

「おそらく」

左衛門はうなずいた。

大名屋敷の多くで、暇を持て余した中間《ちゅうげん》小者たちが町家の若旦那や番頭たちを相手に丁半賭博《ちょうはんばくち》を開帳していた。

きっと札差の大尽大丸屋の若旦那の実代吉は、彼ら折助《おりすけ》たちの格好の鴨《かも》になっているのだろう。

「お内儀は亭主に内緒で、ここにいる若旦那に着る物やお金を運んでいるらしいです」

亭主の松兵衛は、息子を勘当して、家から追い出したが、母親は亭主の目を盗んで、息子に金を差し入れているのだろう。

「殿、いかがいたしますか?」

「駕籠を待たせてある、ということは、そんなに時間をかけずに戻って来よう」

「そうでございますな」

左衛門もうなずいた。

「妙な所に実代吉は出入りしておるな」

文史郎は腕組をして、考え込んだ。

「殿」

左衛門が声をかけた。

通用門の戸が開けられた。

「お内儀、番頭といっしょに屋敷から出て参りましたぞ」

文史郎も物陰に隠れ、屋敷の門を窺った。

通用口から、番頭、お内儀、ついで浴衣姿の若い男が顔を出した。男はお内儀にしきりに頭を下げている。

女を思わせるような顔のやさ男だった。

左衛門が囁いた。

「あいつが実代吉です。見覚えがあります。だいぶ前、爺が那須川藩の留守居役といっしょに大丸屋を訪ねたときに、紹介されたことがありました」

お内儀は待っていた駕籠に乗り込んだ。

駕籠が動き出し、番頭が駕籠について歩き出すと、実代吉は浴衣の前をぱんと叩いて、尻っ端折《しりぱしょ》りし、ふんと笑い飛ばすと、肩を聳《そび》やかし通用門の戸口の中に消えた。

「親不孝者め」

左衛門は苦々しく吐き捨てた。

「殿、いかがいたしましょう？　お内儀たちのあとを尾《つ》けますか？」

「いや、いい。実代吉の居場所さえ分かれば、尾けても仕方あるまい」

目の前を駕籠と番頭が小走りに通過した。

文史郎は腕組をして考え込んだ。

「爺、どうやら玉吉《たまきち》の力が必要になったな。玉吉を呼び出してくれぬか」

「はい。では、帰りしなに船頭仲間に頼んでおきましょう」

左衛門はうなずいた。

玉吉は、文史郎が生まれ育った松平家で中間《ちゅうげん》として働いていた男である。中間は仮の姿で、その正体はお庭番《にわばん》だった。

文史郎が若月家に婿養子に出たあとしばらくして、玉吉も松平家の中間を辞め、いまは船頭になっていた。

船頭は、専属、流しのいずれにしても、実入りがよいだけでなく、仕事柄、いろいろな場所に出入りして、見聞きすることができる。舟には、武家や商家から、果ては忘八《ぼうはち》の博打打《ばくちう》ち、やくざに至るまで、あらゆる階層の人間を乗せるので、自然、世間が広くなり、知己《ちき》も多い。

船頭は、その意味で、耳よりな情報を集めるには、格好の商売だった。

玉吉は表向き、松平家の中間を辞めたことになっているが、まだ松平家のお庭番を続けているのではなかろうか、と文史郎は踏んでいる。

そのため、聞き込みや情報集めが必要なときには、文史郎は玉吉の力を借りることが多かった。

文史郎と左衛門は、お内儀を乗せた駕籠が神田川沿いの通りを戻って行くのを見送り、ゆっくりと歩き出した。

六

文史郎と左衛門が、安兵衛店に戻ったのは、夕刻近くだった。

左衛門が夕餉の支度をしていると、それを見計らったかのように、髯の大門甚兵衛が大汗をかきながら長屋に帰って来た。

「おう、飯、飯。旨そうな鰻《うなぎ》の匂い。爺さん、腹減った」

大門は長屋に飛び込んで来るなり、だだっ子のような声を上げ、台所を覗き込んだ。

「いつもながら、大門殿の嗅覚は鋭いですなあ。今晩の馳走は、土用《どよう》の丑《うし》の日には早いが、夏負けしないよう、大川で獲《と》れた鰻の蒲焼《かばや》きでござる」

「だろう、と思った」

大門は七輪《しちりん》の炭火の上にかけた鰻の串焼きに、目を細めた。

文史郎は、大門に声をかけた。

「大門、それで南海屋からは、何か聞き出したか？」

「殿、南海屋の政兵衛は相当な遣手ですな。拙者が相談人だと名乗ったら、掌《てのひら》を返したように態度を改め、逆に取引を持ちかけられましたよ」

「ほう、どのような？」

「金を出すから、ぜひ、霧壺を捕まえて連れて来てほしい、と」

台所から左衛門が訊いた。

「いくら出すといっていた？」

「最初、二百両、拙者が返事をせずにいたら、そのうち、五百両にまで吊り上がりました」

「五百両も？　だいぶ、ご執心だな。ということは、南海屋が霧壺を拐ったのではないということか？」

　文史郎は首を傾げた。

「そうなりますな」

　大門は腕組をし、顎の髯を撫でた。

「そこで、越後屋の商売に、南海屋が一口乗せろといっているそうではないか、と訊いたら、南海屋は一瞬顔色を変えました。だが、すぐに平静を装って、薄ら笑いし、誰にそんなことをきいたのかっていってましたな」

「おもしろい。それでどうした？」

「さらにいってやりましたよ。南海屋は越後屋が惚れた霧壺を人質に取り、生糸貿易に参入させろと強制しようとしておるのだろうと」

「図星を指されて南海屋はさぞ驚いただろうな」

「滅相もないといっていましたが、あとはしどろもどろ。帰り際には、何分《なにぶん》いろいろ差し障りがあるので、いまの話は内密にと金まで渡そうとしましたよ」

大門は顎の髯を撫でながらいった。

「受け取ったのか?」

「まさか。それがし、そこまで堕しておりませぬ」

「武士は食わねどか」

文史郎は笑った。

「念のため南海屋に釘を刺しておきました。もし、霧壺をかどわかしたり、危害を加えたら、わしらが許さぬ。奉行所にも訴え出るから、覚悟しておけ、と」

「そうしたら?」

「そのようなことは、天に誓ってやりませぬとおろおろしていました」

「大門、だいぶ脅したようだな」

「まあ、そんなものでしょう」

大門は鼻をぴくつかせた。

「左衛門殿、そろそろ、焼き上がったころでは」

「はいはい。大門殿の嗅覚はすごいですな」

左衛門は焼き上がった鰻の蒲焼きを、三枚の皿に載せて運んだ。

「拙者もお手伝いいたす」

大門は台所から箱膳を三つ重ねて持って来た。手早く文史郎、左衛門、そして大門自身の前に並べる。

箱膳の中から、どんぶりや皿、椀を取り出した。

左衛門が味噌汁の鍋を、大門がお櫃《ひつ》を居間に運んだ。

左衛門が椀に味噌汁を装《よそ》い、大門がどんぶりに御飯を盛り付けた。

左衛門が台所からたくわんや梅干し、七味《しちみ》や山椒《さんしょう》を持って来る。

その間に、大門が慣れた手つきで、つぎつぎどんぶりに飯を盛る。蒲焼きを三等分して、どんぶり飯の上に載せて、左衛門秘伝の垂れをたっぷりと鰻の蒲焼きに載せる。

左衛門が、それをそれぞれの膳に配った。

三人の夕餉の用意が整った。

「では、殿、さっそくにいただきまする」

大門は武骨な手を合掌させてから、左衛門秘伝の垂れがたっぷりとついた鰻の蒲焼きをどんぶり飯に載せ、大口を開けて食べはじめた。

「それがしも」

左衛門も蒲焼きを齧《かじ》り、白い御飯を口に運んでもぐもぐぱくぱく。

文史郎は、那須川藩の殿様として、上屋敷にいたころを思い出した。あのころ、家臣たちと顔を突き合わせて、食事をすることなんぞ、思いもよらなかった。

傅役の左衛門とて別室で、ほかの家臣たちと食していたはず。

自分はというと、大広間の床の間に用意された大きな膳を前に、たった一人座って、奥方の萩の方や御女中たち大勢が見ている中、もそもそと箸を動かしていた。その味気なかったこと。砂を嚙む思いだった。

料理は毒味役たちが賞味したあとなので、すべて冷えている。温かい味噌汁なんぞ飲んだこともない。刺身も魚も活きのいいものは、すべて毒味役たちが先だった。

塩気も甘味もほどほどにと制限され、辛いものなどもってのほか。それも出てくる料理は、ほんの一口ずつ。どんぶり飯など食したこともない。

それに比べて、爺と大門と三人の膝突き合わせての食事の旨いこと。

「殿、いかがなされた？　どこかお体の具合でも悪うございますか」

左衛門が箸を止めて、文史郎を見た。

「殿、こんな旨いものを食べないのでしたら、拙者が代わりに……」

大門が飯を平らげ、文史郎の蒲焼きに目をやった。

「いや、ちと感慨にふけってしまったのだ」

「奥方様のことでございますか？　それとも如月様のことでございますか？　それと

も……」

左衛門は優しい目を文史郎に向けた。

「いや、そういうことではない。こうして、我ら男三人、別《わ》け隔《へだ》てなく、いっしょに夕餉を共にできる幸せというか、心落ち着く生活は、いいのう、と思うてな」

「そうでございますな。殿が江戸屋敷や在所の城内にござったら、畏れ多くて、このような失礼なこと、決してできませぬものな」

「うむ。まったく、長屋の生活、余はほんとうに気に入っておるぞ」

文史郎はどんぶり飯の上に載せた蒲焼きを食べ、大門や左衛門がやるように、大口を開いて箸で御飯を頬張った。

食すと、口の中で、鰻の身の甘さが、濃い垂れの塩味と、ほどよく混じり合い、さらに山椒のぴりっとした辛味が加わって、絶妙の旨味になる。

旨い。殿様時代にも、こんな旨いものを食した覚えはない。

文史郎は、ゆっくりと嚙みながら味わった。

大門は、味噌汁を御飯にかけ、たくわんを齧っては箸で豪快に口に掻き込んでいる。

左衛門は、そんな大門を見ながら、どんぶり飯を頬張っていた。

食事を終え、三人三様に、くつろぎながら、話を続けた。

「越後屋でもなく、大丸屋でもない。南海屋でもないとしたら、いったい誰が霧壺を廓から連れ出したのですかな？」

大門は隣との仕切り壁に寄りかかり、腹を撫でていた。

「大門、それから誰が霧壺の命を狙っておるのか、だ」

文史郎は左衛門が出してくれた玉露《ぎょくろ》を飲んだ。

「そして、霧壺はいまどこに隠れているのか、ですな」

大門は竹で作った楊枝を使いはじめた。

「なぞが多いのう。どうも、よく分らぬ」

文史郎はお茶を飲みながら、考え込んだ。

腹が満腹だと、どうも、いい考えが浮かばない。

「殿、我々だけでは、この江戸八百八町《はっぴゃくやちょう》、とうてい調べることなどできますまい。明日は、南町奉行所同心の小島啓伍《こじまけいご》にも、力を借りることにしたら、いかがかと」

「そうだのう。そうしよう。霧壺が町家に匿われていたら、町方の者でなければ、分かるまいからな」

「それがしも、賛成。腹がくちくなったら、眠くなりましたな」

大門はごろりと横になった。

表の暗がりに人の気配があった。

「御免なすって。お殿さま」

開け放った戸口に黒い人影がぬっと現れた。

「おう、来たか、玉吉。入ってくれ」

左衛門が気付き、声をかけた。

「遅くなりやした。失礼しやす」

行灯の淡い光の中に、玉吉の姿が朧《おぼろ》に見えた。

玉吉はしきりに腰を折り、頭を下げながら、土間に入ってきた。

「お、玉吉、ご苦労。また呼び立てて済まぬな」

「とんでもねえ。何かよくねえことでも起こったのかって、飛んで来やした」

玉吉は土間に片膝を突いた。

「そんなところにおらず、上がってくれ」

「いや、いいんで。こっちの方が落ち着きますんで。いってえ、なんでやしょう?」

文史郎は玉吉に向いた。

「ちと調べてほしいことがある」

「どういうことでやしょう？」

「実はな、吉原から、一人花魁がいなくなった。連れ去られたのか、それとも、自ら抜け出したのか、分からない。そこで、ある人物から、探してくれと、相談を受けたのだ」

「へい」

左衛門が文史郎の話を引き取った。

「殿、そこからは爺が話しましょう。殿は、お休みになってくだされい」

「うむ。爺、では、あとは頼む」

文史郎は、大門同様、畳の上に横になった。

大門はすでにすやすやと寝息を立てていた。

無邪気なやつ。

とはいいつつ、文史郎も腹がいっぱいになると、自然に横になり、食後の休みを取りたくなっていた。

左衛門の、これまでの経緯を話す声が子守歌になった。

文史郎も、しばし微睡《まどろ》んだ。左衛門の声も次第に遠退《とおの》いて行った。

七

翌日、文史郎と左衛門は、南町奉行所に、定廻《じょうまわ》り同心の小島啓伍を訪ねた。

小島は文史郎と左衛門を笑顔で迎えた。

文史郎の話を聞き終えた小島は、腕組を解いた。

「そうですか。分かりました。大籬の松葉屋で御職《おしょく》を張った花魁が、江戸の町地に逃げ込んだら、すぐ分かりますよ」

「なぜ、分かるか？」

「なにせ、江戸の町地は、男ばかり。独り者の男で溢れ返っています。そんなどぶみたいな男の町に、菩薩《ぼさつ》様のような美しい花魁が降り立ったら、いくら町娘に扮しても目立って仕方がない。蓮《はす》の花は泥の沼に咲くものですね」

「それはそうだな」

「すぐに忠助《ちゅうすけ》たちに調べさせましょう。きっと、何か聞き付けてくることでしょう」

「うむ。頼む」

「ほかには、何かお調べすることはありますか？」

「廓の中で、大胆不敵にも、道中をしている霧壺を襲った無頼の輩がいた。たまたま、余たちがいたときだったので、霧壺を助けることができたのだが、そのとき、駆け付けた廓の首代たちが捕まえた生き証人二人が、一人の浪人者に斬殺されてしまった」

「へえ、そんなことがあったのですか」

「おそらく口封じだろう。生きていたら、きっと誰の命令で霧壺を殺めようとしたかがばれる。それで、かなり腕の立つ刺客が送り込まれたらしいのだ」

「なるほど。その刺客というのは？」

「死神のような侍だったというのだ」

「死神ですか？　拙者、死神を見たことがないから、そういわれてもなあ……」

　小島は半信半疑の面持ちだった。

「目が落ち窪んでおり、まるで骸骨のようだったそうだ。骨に皮が貼りついたような、見るからに痩せた体付きの男だったらしい」

「それでいて、腕が立つというんですか。その刺客を捜せというのですね」

「そうだ。そして、その刺客は誰のために働いておるのかを調べてくれぬか」

「分かりました。しかし、一つ問題が」

「何かな？」

「廓の中の殺しは、町方の我々は手を出せないのです。廓の中の揉め事は、すべて廓の連中が取り締まる決まりになってまして」

「うむ。きいている。だが、なぜなのだ？」

「廓はほかの岡場所と違い、幕府公認。しかも、莫大な上納金を納めるので、老中直轄の勘定奉行の管轄下に置かれているのです。だから、町方は一応大門までは出張っているのですが、廓の中で何か起こっても、手を出さないことになっているのです」

「なるほど」

「ですが、廓の外で、その刺客が、もし霧壺を追いかけ、殺そうとすれば、我らが取り締まることになりましょう」

小島は思案げになった。

何か心当たりでもあるのか、大きくうなずいた。

「ところで、この数年来、辻斬りが多かったのですが、ある日を境に、ぱたっと止んだのです。その辻斬りが、痩せ細った体付きだった。もしかして、その辻斬りかもしれない」

「ほう、どこに出没した辻斬りだったのかな？」

「浅草寺《せんそうじ》界隈と箕輪《みのわ》界隈でした。どちらも、吉原の往き帰りの客が、ばっさりと殺られていたのです」

　文史郎は訝った。

「ほほう、廓通いの客が狙われたというのか」

「はい。それで奉行所も放ってはおけず、我々が張り込みをしたり、探索を行なったんですが、いまのいままで、捕まえることができずに来てしまった」

「何か手がかりはないのか？」

「……そうですねえ。ある夜、廓帰りの客を乗せた駕籠が、その辻斬りに襲われたことがあった。そのとき、駕籠舁きたちは辻斬りに仰天して逃げてしまったんです」

「で？」

「しばらくして、駕籠舁きたちは、恐る恐る駕籠に戻って来たら、なんと、その客は無事で、ぷりぷり怒っていたそうなんです」

「しかし、よう助かったな」

「その客によると、辻斬りは駕籠の簾《すだれ》を撥《は》ね上げて、その客を外に引き摺り出し、提灯の明かりに照らして、その客をまじまじと見た」

「そうしたら？」

　文史郎と左衛門は身を乗り出した。

「……金を出せば、見逃してやる、といったらしい」

「辻斬りがただの強盗になったというわけか」

「その客だけ助かった。あとは斬ったのちに遺体から金品を奪っています」

「どういうことなのかの？」

文史郎は訝った。

「よほど金に困っていたのか？　それとも気が変わったのか」

「変わった辻斬りだのう。普通、辻斬りといえば、だれかれかまわず、問答無用で斬るものではないのか？」

「確かに。そうですが」

左衛門が文史郎の代わりに訊いた。

「運よく助かった客は、いったい何者だったのでござる？」

「……さる商家の旦那だったと思いました。調べ書に記してあるはずなので、必要なら調べておきますが」

文史郎が尋ねた。

「その者は辻斬りの人相を見ておったのだろう？」

「相手は覆面《ふくめん》をしていたので、分からないといっていたと思います」

「で、いくら盗られたというのか？」

「ざっと百両ばかりとか申してましたな」

「百両か、大金だのう」

文史郎は左衛門と顔を見合わせた。

小島はいった。

「その辻斬りについては、忠助が追いかけていましたんで、あらためて尋ねてみます。何か分かるかもしれません」

八

玉吉が何よりの話を聞き込んできたのは、翌々日のことだった。

文史郎が弥生の大瀧道場で門弟たちを相手に、稽古をつけ、汗をかいていたとき、玄関先に玉吉が左衛門といっしょに姿を現した。

文史郎は、稽古をつけている相手に「ここまで」といった。

文史郎は見所に引き揚げ、手拭いで躯の汗を拭った。

左衛門が膝行して文史郎に囁いた。

「殿、玉吉が耳寄りな話を聞き付けて来ました」

「うむ。では、奥の部屋できこう」

文史郎は稽古をしている弥生を手招きした。

弥生は、すぐに稽古をやめ、師範代の武田広之進と交替して、見所に引き揚げて来た。

「何ごとです？」

弥生は上気した顔でいった。

「ちと奥の間《ま》を使わしてくれぬか。玉吉から、大事な話をきく」

「もちろんです。いつでも、どうぞと申し上げておりましょう」

「ありがたい。では、弥生も、参られるがいい」

「はい。では、汗を拭ってから参ります」

弥生はうなずいた。

文史郎は、左衛門と玉吉を連れ、道場から母屋《おもや》に続く廊下を進んだ。

廊下の左側の襖《ふすま》を開けた。普段は使われていない四畳半ほどの部屋だ。

空気がむっと蒸し暑い。

部屋に入ると、左衛門が庭側の障子戸を開け、風を入れた。

裏手の庭は竹林や梅、松が池の周囲に生え、風に揺れていた。

「玉吉は、例の藩上屋敷で開かれている折助たちの賭場《とば》に行ってみたそうです」

左衛門は畳に座るなり、文史郎にいった。

「玉吉、そのときの話を殿にしてくれ」

「へい」

玉吉は文史郎の前に正座した。

「播磨姫路藩上屋敷の折助に、あっしが、昔、世話をしたことがある知り合いがいましてね。そいつを呼び出したんで。ちょいと遊ばせてくれとね」

玉吉は骰子《さいころ》を振る真似をした。

「で、中間頭《ちゅうげんがしら》に挨拶して、賭場に上がったんでさ。そうしたら、実代吉のやっこさんが居やがった。やっこさん、大層な顔で、丁半博打にいれこんでやがった。胴元の中間頭に、いまに大金がざっくざっく入るからって、大口《おおぐち》を利いて盛んに金を張っていたんでさ」

「なに、大金が入るといっていたのか？」

「へい。それで、頃合を見て、知り合いの折助に、あの実代吉って男、何者なんでえ、と訊いたんでさ。そうしたら、大丸屋のどら息子で、母親泣かせの放蕩息子だっていうんです。つい最近、親から勘当されたってね」

「うむ。親父が勘当した」

「じゃあ、大丸屋の金は入って来ないのに、実代吉は、なんで大金が入るなんていってるんだ？　と訊いたんです。そうしたら……」

襖が開き、弥生が入って来て、文史郎の後ろに座った。

玉吉は、一瞬黙った。文史郎は促した。

「大丈夫だ。弥生は我らの仲間だ」

「へい。……そうしたら、実代吉は、近いうち大金が入るというんだそうで」

「ほう？　大金がのう？」

玉吉はうなずいた。

「そうなんです。それで、折助の知り合いに、ちょいと鼻薬《はなぐすり》を利かして、どういうことなのかを、調べてもらったんでさ」

「そうしたら？」

「実代吉は、勘当される前、吉原で花魁の霧壺を身請けしたい、と申し入れていたが、本人にいわせると、霧壺から、いい返事を貰っていたらしいのです」

「……どうなっているのだ？」

文史郎は左衛門の顔を見た。左衛門がさもありなんという顔でいった。

「霧壺は実代吉にも、いい顔をしてたんですよ。殿、女子は恐ろしい。ご用心ご用心」

玉吉は笑いながら、文史郎にいった。

「ほんとうのところは分かりませんよ。実代吉がいっているだけで、もしかして、実代吉の作り話かもしれません」

「まあ、そうだが」文史郎は頭を振った。

玉吉は話を戻した。

「実は廓通いをしている若旦那衆の集まりがあるそうなんで。大尽の息子たちの遊び仲間で『三猿会《さんえんかい》』というんだそうで」

「見ざる、聞かざる、言わざるの三猿か?」

「へえ。その三猿でやす」

玉吉は一息ついた。

「十人ほどの仲間たちらしいのですが、一人五百両ずつ出して講《こう》を作ったんです」

「五千両か。それで何をするのだ?」

「霧壺を落とした奴がその大金を頂くという賭け金でして」

「では、実代吉がその大金を頂くつもりだったのか？」

文史郎は左衛門たちと顔を見合わせた。

「そうなんです。実代吉は霧壺の起請文の誓詞を御生大事に持っているんだそうで」

「まあ、霧壺さんは何人もの男を手玉にとっているのねえ」

弥生が感嘆の声を上げた。

「ふうむ。しかし、肝心の霧壺が失踪した。それで実代吉の思惑が外れたというのか？」

「そうなんです。実代吉も、霧壺を身請けすれば入る金をあてにして、胴元にかなりの借金をこさえてしまった。それで、実代吉は藩邸から出ることもできず、止むを得ず、折助仲間を大勢雇い、霧壺捜しにやっきになっているところなんだそうです」

左衛門は溜め息をついた。

「殿、ということは、実代吉も霧壺の失踪について、関係ない、ということですな」

「うむ。そういうことになるな」

文史郎は腕組をし、考え込んだ。

「いったい、霧壺は、何を考えておるのかのう？　罪作りな」

左衛門も玉吉も、弥生もなんともいいようがなく、それぞれじっと庭先や天井を睨むのだった。

あたりは黄昏に覆われはじめていた。

文史郎と左衛門は重い足取りで、安兵衛店へ戻って来た。

安兵衛店の木戸まで来て、長屋の住人たちが騒《ざわ》ついているのに二人は気付いた。

長屋の細小路におかみさんたちが屯し、わいわいと騒いでいる。

ちょうど文史郎たちの長屋の前あたりに人だかりが多かった。

「いったい、どうしたというのだ？　この騒ぎは」

文史郎と左衛門は驚いて、集まったおかみさんたちに尋ねた。

「あ、お殿様のお帰りだ」

「たいへんたいへん、お殿様のところに、お客様ですよ」

お福とお米が文史郎たちに駆け寄った。

「なに、客だと？」

「誰ですかね」と左衛門。

「お殿様、それもたいへんな美人」

「きっと由緒あるお媛《ひめ》様ですよ」

「女子《おなご》が来ているというのか？」

文史郎と左衛門は顔を見合わせた。

もしや、奥の萩の方か？　それとも、如月が訪ねて来た？

いや、そんなことはない。どちらも来るときには何人かの家来が付いてくるはず。

長屋の油障子戸は閉められていた。

行灯や蠟燭の明かりが中で揺らめいている。

日が暮れたとはいえ、まだ昼間の暑さが路地には残っていた。

「この暑いのに、戸を閉めきって」

左衛門が油障子戸を開けようとしたが、心張《しんば》り棒をかってあるらしく、開かなかった。

「どなたかな？」

中から大門のどら声がした。

左衛門が障子戸を叩いた。

「大門殿、わしらだ。開けてくれ」

「おう、お殿様と爺さんか」

心張り棒を外す音がした。

がらりと戸が開いた。

上気した大門が顔を出した。

「やはりお殿様だった。安心されよ」

大門は後ろに叫んだ。

「お客が来ているときいたが」

「そうなんです。ま、中へ」

文史郎と左衛門は、長屋の敷居を跨《また》いだ。

蠟燭と行灯の明かりが部屋を照らしていた。

土間に一人男が蹲《うずくま》っていた。

さらに、畳の間に、一人の女子が平伏していた。

「お帰りなさいませ」

女子はゆっくりと顔を上げた。

文史郎と左衛門は、一目見て、あっと驚いた。

そこには、煌びやかな着物姿の霧壺が座っていた。

「突然に、申し訳ございません。剣客相談人様、ぜひ、私たちを、お助けくださいませ」

霧壺は両手をつき、深々と頭を下げた。

「霧壺、おぬし、どうしてここに？」

文史郎と左衛門は絶句し、呆然と立ち尽くしていた。

第四話　暁《あかつき》の決闘

一

「私たちは追われ追われて、ようやくここへ辿り着きました。ほかにどこにも行くところがありません。お殿様、どうか、私たちお助けくださいませ」

霧壺は目を潤《うる》ませて文史郎を見つめた。

霧壺は廓言葉を使わなかった。どこか鄙《ひな》びた田舎《いなか》の話し方だった。

土間に蹲った男の影も神妙に頭を下げた。

「お願いいたします。あっしはともかく、どうか、霧壺を助けてやってくだせえ」

仄《ほの》かな行灯の明かりに、片膝立ちの精悍な顔付きの若い男が浮かび上がっていた。

男の町人髷は斜めに傾き、髪の毛がほつれて何本かが額に貼り付いていた。

血の臭いがする。若い男は、怪我をしている様子で、左腕を手拭いでぐるぐる巻きにしていた。

文史郎は手拭いに血の染みが滲んでいるのを見逃さなかった。

「そなた、怪我をしておるな」

「大丈夫でやす。こんな掠《かす》り傷。放っておいてもすぐ治りまさあ」

左衛門が尋ねた。

「おまえは何者なのか?」

霧壺が男に代わって答えた。

「これは染吉です。染吉は私の身辺を守ってくれる若い者です」

「……どうぞ、あっしのこと、お見知りおきくだせえまし」

染吉は文史郎と左衛門に頭を下げた。

「爺、こやつの怪我を手当てしてやれ」

「はい」

「でえじょうぶでやすよ」

「染吉、おとなしく、お殿様のいうことをおきき」

「へい」

染吉は引き下がった。

左衛門は障子戸を開け、外に出た。戸口に集まったおかみさんたちに何ごとかを頼む声がした。

文史郎は霧壺と染吉を眺めながら、大門に訊いた。

「いったい、これはどういうことなのだ？」

「いや、拙者も少々面食らっているところです。出掛けようとしていた矢先に、この二人が長屋に飛び込んで来たのでござる」

「おまえたち、いったい、誰に追われているのだ？」

「それが、よく分からねえんで。分かれば、なんとか打つ手もあるんでやすが」

染吉は手で口元を拭った。

「どんな風体の輩だ？　浪人者たちか、それとも無頼の輩だったか？」

「……ほとんどが黒装束の侍たちでさあ。それに腕の立つやくざ者もいやした」

文史郎は大門と顔を見合わせた。

「おぬしたち、その黒装束たちに後を尾行されぬよう撒《ま》いたのであろうな」

「へい。撒いたと思います」

外でおかみさんたちが、油障子戸の隙間から中を覗こうと押し合いへし合いしていた。

文史郎は戸外の騒ぎに目をやった。

「大門、外の騒ぎを静かにさせろ。あれでは、せっかく後を尾《つ》けられないようにしても、ここだと相手に報せることになる」

「さようでござるな」

大門は障子戸を開けて外に出た。

閉めた障子戸の外で、大門の声がした。

「長屋の皆の衆、お願いがござる……」

集まった長屋の住人たちに、大門が静かにするように話し出した。

文史郎は部屋に上がり、刀を長持《ながもち》の上に置いた。

「染吉、そちも上がれ。土間にいては話ができぬ」

「へい。ですが……」

「遠慮するな。ここは、屋敷ではない」

「染吉、お殿様のご命令ですよ」

霧壺も促した。染吉はぺこりと頭を下げた。

「はい。では、失礼いたしやす」

染吉は上がり框にあった雑巾で足を拭き、腰を低めながら部屋に上がった。

文史郎は霧壺と染吉に向いて座った。

「いったい、何があったのだ？　説明してくれぬか？」

染吉が霧壺の顔を見てから話した。

「これまで、隠れ家を転々としていたんでやす。ところが、その隠れ家がつぎつぎに、あいつらに見つかり、もう逃げるところがなくなって、最後の最後、お殿様のところへ駆け込んだんでやす」

「ご迷惑をおかけするのは重々承知しておりますが、私たちには、ここしか行き場がなくなってしまったのです」

霧壺が申し訳なさそうな顔で文史郎を見た。

油障子戸ががらりと開き、左衛門と大門が入って来た。二人のあとからお福とお米が手拭いや焼酎《しょうちゅう》の大徳利を抱えて入って来た。

「はい、お殿様、替えの手拭いと、焼酎を持って来ましたよ」

「おう、ありがとう」

「それは、拙者が」

大門が手拭いと大徳利を受け取った。

「お福、お米、あとは拙者たちがやる。とりあえず、おかみさんたちは帰ってくれ。話はまた明日でもしよう」

左衛門はぐずるお福とお米を宥《なだ》めすかしながら戸口から外に出した。

文史郎は染吉にいった。

「どれ、怪我した腕を見せよ」

「へい。てえしたことはねえんですが」

「私が外しましょう」

霧壺は左腕にぐるぐる巻きした手拭いを、少しずつゆっくりと解いた。

行灯の明かりに照らされた切り傷が顕《あらわ》になった。傷の周囲は血糊《ちのり》がこびりついていた。出血は止まっている。

「大門、焼酎を」

「承知」

大門が焼酎の大徳利を口にあて、ごくごくと喉を鳴らして飲んだ。

「大門、焼酎を飲めとはいっておらぬ。それで傷口を洗うのだ」

「思わず飲んでしまいました」

大門は頭を掻きながら、大徳利を傾け、焼酎を染吉の腕の傷に流した。霧壺が手拭いで腕の血を拭った。

切り傷からまた血が滲み出した。

「染吉、血止めをする。少々痛いが、我慢しろ」

左衛門は台所の竈《かまど》から灰を一掴みし、持って来た。

灰を傷口に振り掛けた。たちまち灰が血を吸い黒ずんだ。

染吉は少し眉をしかめたが、平然としていた。左衛門は素早く新しい手拭いを傷口にあて、ぐるぐる巻きにして、縛り上げた。

「これで大丈夫なのですか？」

霧壺が心配げに左衛門に訊いた。

「荒療治だが、野戦で怪我をした際の手当てだ。これで治らねば、医者に診てもらうしかない」

「姐《あね》さん、でえじょうぶでさあ。心配しねえでくだせえ。これしきの傷、死ぬことはねえ」

染吉は不敵な笑みを浮かべた。

文史郎は、染吉の様子を見、話を元に戻した。

「染吉、どうして、わしらのところへ来ようと思ったのだ？」

「へい。それは頭《かしら》から、どうしても行き場がなくなったら、お殿様のところへ駆け込めといわれたからでやす」

「頭というのは？」

文史郎は首を傾げた。

「首代頭の鬼吉兄貴です」

「鬼吉から、そういわれたというのか？」

文史郎は左衛門と顔を見合わせた。

左衛門が尋ねた。

「首代頭の鬼吉たちは、廓から逃げたおぬしたちの行方を追っていたのではないのか？」

「へい。そうでやすが……」

文史郎はなるほどと合点がいった。

「ははは。そうか。おぬしたちが廓を抜けられたのは、鬼吉たちが手助けしたからだったのだな」

「へい」

染吉は神妙な顔でうなずいた。

廓を取り締まる首代たちが手助けするのだったら、霧壺たちが廓を抜け出すのは容易なことだった。

左衛門が訝った。

「分からぬな。どうして、遊女たちを取り締まる鬼吉たちが、おぬしたちを廓から抜け出させたのだ？」

「へい。これには、わけがありやして」

染吉は霧壺を見た。霧壺がうなずいた。

「あちきが、いや私が、首代頭の鬼吉さんや楼主の松葉屋さんに訴えたのです。このままでは、私は殺されると」

「では、鬼吉も松葉屋も知っての上で、廓を抜け出したというのか？」

文史郎は話をしながら、はっと戸外の気配に耳を澄ました。

「御免なすって」

油障子戸の外から低い男の声がした。

大勢の人の気配がする。

大門が心張り棒に手をかけた。左衛門も戸口に目をやった。

「誰だ？」

文史郎は刀を引き寄せた。

「あっしです。廓でお目にかかりやした鬼吉でやす」

「……お頭だ」

染吉と霧壺が居住まいを正した。

文史郎は大門に顎をしゃくった。

大門が土間に降り、油障子戸をさっと引き開けた。戸外には揃いの法被姿の男たちが蹲っていた。

そのうちの一人が、のっそりと立ち、戸口に進み出て来た。

行灯の仄かな明かりの中に、鬼吉の顔が浮かんだ。

「やっぱり、染吉、おめえたちはお殿様のところに厄介になっていたんだな」

「お頭……済まねえ」

染吉の声が文史郎の後ろからきこえた。

「鬼吉さん、心配をかけて申し訳ありません」

霧壺も頭を下げた。

鬼吉は土間に入るなり、平伏した。

「お殿様、申し訳ございません。これには深いわけがありやして」

文史郎は刀を元のところに戻した。

「鬼吉、こっちへ上がって、わけをきかせてくれ」

「へい。では、失礼いたしやす」

鬼吉は立ち上がり、腰を低くしながら、上がり框から上がった。

大門が油障子戸を静かに閉めた。法被姿の男たちは、無言のまま蹲っていた。

鬼吉は文史郎の前に座り、平伏した。

「鬼吉、おぬしらが霧壺を廓から足抜けさせたのだそうだな？」

鬼吉は顔を上げた。

「へい。惣名主の命令で、あっしらが仕組んだことでございます」

鬼吉は神妙な態度でいった。文史郎は訝った。

「いったい、どういうことなのだ？」

「霧壺の命が狙われたのは、あの道中だけではなく、何度かあったのです」

「ほう」

「一度は、食物に毒を盛られました。それをうっかり食した禿が一人死んで分かったのです」

「禿が死んだというのか」

「へい。霧壺が可愛がっていた禿でした。ついで、夜中、霧壺の部屋に刀子を持った賊が客を装って忍び込んだ。これは、いち早く仁吉が見付け、この染吉といっしょに始末しやした」

「仁吉というのは？」

「花魁道中の際、霧壺に襲いかかった野郎の前に立ちはだかり、匕首《あいくち》を腹に受けて死んだ若い者です。仁吉も首代の一人で、この染吉の兄貴分でやした」

「おう、あの若い者がのう」

文史郎は、仁吉が軀を張って霧壺を守った姿を思い出した。

侍に勝るとも劣らない死に方だった。

「このままでは、大事な霧壺の命が危ないとなり、廓を仕切る惣名主が、首代頭のあっしに密かに霧壺を廓から逃がすように、とお命じになったんです」

「ほう」

「どうやら廓の内部の楼主や若い者、遊女たちの中に、敵への内通者がいると思われるのです。そこで廓内部の者の目も欺くよう、霧壺たちを抜け出させ、あっしらが大騒ぎして捜索を始めたんでやす」

「なるほど。儂《わし》らも騙されたということだな」

「申し訳ありません。これも、霧壺を護《まも》るためでした。敵の目を欺くには、まず味方の目を欺かねばならなかったのです」

「そういうことだな」文史郎はうなずいた。

「霧壺には、楼主の松葉屋さんをはじめ、お世話になっているお馴染みさんたちにも、決して連絡を取るな、と因果《いんが》を含め、まずは廓から抜け出させたのです」

「なるほど。それで」

「もちろん、霧壺は、いわば廓という籠《かご》の鳥で、抜け出しても一人では生きていけない。それで、首代の染吉を護衛役に付けたというわけです。しばらくは凌《しの》げるだけの金を持たせて」

「うむ」

「誰が敵への内通者か分からないので、染吉にも、同じ首代仲間であっても、決して連絡を取るな、と命じておいたのです」

「なるほど」

「染吉には、惣名主さんの伝《つて》で、深川《ふかがわ》のある寺の坊さんを訪ねるようにいっておきやした。染吉は、最初に、その寺に逃げ込み、それから深川の仕舞た屋《しもたや》に隠れた。あっしらは、そうと知りながらも、敵の目を欺くために、大騒ぎをし、あちらこちらに手を回して捜す振りをしたんです」

「そういうこととは知らず、儂らも霧壺を捜したというわけだ」

「ところが、それでも、敵の監視の目を欺けなかった。廓を抜けて数日も経たないうちに、霧壺たちが潜む仕舞た屋が何者かに襲われた。そこで、染吉は機転を利かせて、霧壺といっしょに雲隠れした。あっしらも辿れぬ場所に移った。そうだな、染吉」

「へい。本所《ほんじょ》の小さな住まいに」

鬼吉が続けた。

「あっしらが、ようやく、その住まいを見付けて駆け付けたら、またも二人は消えていた。そこも、敵に嗅ぎ付けられたらしく、家の中が荒らされていた。そこで、いよいよ、相談人のところか、となったんでやす」

「そうなんです。お殿様にはご迷惑かと思ったのですが、最後に頼ることができるのは、ここしかないとなっていたのです」

霧壺も深くうなずいた。

「なるほど、そうだったのか。鬼吉、霧壺の命を狙う敵とは、いったい誰なのだ？」

「あっしたちも、まだ敵が誰なのか分かっていないんで。せっかく、道中の際に、霧壺を襲ったごろつきどもを捕まえ、誰に依頼されたかを吐かせようとしていたら、その矢先に口封じされてしまった。ほんとに手強い相手なんです」

文史郎は腕組をし、考え込んだ。

「いったい、誰が霧壺を消そうとしておるのだろうのう」

霧壺は俯き、小さい声でいった。

「私のことで、皆様にご迷惑をおかけし、ほんとうに申し訳ございません」

鬼吉はあらためて座り直し、両手をついていった。

「お殿様に折り入って、お願いがあるのでございます」

「何かな？」

「しばらくの間、ここに霧壺を匿っていただけないかと」

文史郎は部屋を見回した。

「この狭い長屋にか？」

「へい。いえ、それも、そう長いことではありません。霧壺を隠れ里に連れて行くまでの間です」

鬼吉は神妙に頭を下げた。文史郎は訝った。

「隠れ里だと？　どこにあるのだ？」

「それは、ご勘弁ください。上手《じょうず》の手から水が漏れる、と申します。秘密の場所が漏れれば、隠れ里の意味がなくなりますんで」

「分かった。それはきくまい。霧壺をその里に送るまでというのだな」

「へい。いかがでしょう？」

霧壺が両手をついて頭を下げた。

「私からもお願いいたします。それまで、ぜひ、こちらに私を置いてくださいませ。炊事《すいじ》でも洗濯でもなんでもいたします」

文史郎は霧壺の軀を眺めた。

心持ちお腹が大きくなっているように見えた。いまはまだしも、これから身重《みおも》の軀で逃げ回るのは、だんだん難しくなろう。流産の恐れさえある。

「ううむ。どうしたものかのう」

文史郎は左衛門と大門を見た。

左衛門は頭を振った。

「そうはいわれましてもなあ。大門殿は、いかがに思う？」

「拙者は構わぬと思いますが。窮鳥《きゆうちよう》懐に飛び込むではないですか。それに、もし霧壺殿が長屋に住めば、毎日が楽しいかと」

大門はにやつきながら髯を撫でた。

左衛門は大門をたしなめた。

「大門殿、霧壺を匿うというのは、容易なことではありませぬぞ。いつ何時、敵が襲ってくるかもしれない。襲ってくれば、ここは戦場になる。長屋の住民たちに迷惑をかけるのは必定《ひつじょう》。火でもつけられたら、家を焼き出され、大勢の死傷者も出よう」

大門は文史郎に顔を向けた。

「殿は、いかが、お考えですかな」

霧壺もすがるような目で文史郎を見つめている。鬼吉も黙って文史郎を見た。

文史郎は腕組をした。

「爺のいうことも分かる。だからといって、霧壺を追い出すわけにもいくまいて。今夜は、ひとまず、霧壺を預かろう。その上で、もっと安全な場所に移そう」

「殿、安全な場所とは？」

「弥生の道場だ」

弥生の道場ならば、大勢の門弟もいるし、霧壺を守りやすい。

大門が愁眉《しゅうび》を開いた。

「それはいいですな。弥生殿は男勝りとはいえ女子に変わりはない。女子同士ならば、きっと我々よりも気配りができましょうし」

「爺も、弥生殿の道場を考えておりました。弥生殿のところなら、部屋もあるし、万が一の場合、長屋の住民に迷惑をかけずに済みましょうし」

文史郎は霧壺と鬼吉に顔を向けた。

「ということだ。霧壺を預かろう。今夜はここに匿うが、明日にでも、もっと安全な場所へ移す。それでいいかな」

「へい。もちろんでございます。よかったな。霧壺さん」

「ありがとうございます。霧壺、一生恩に着ます」

霧壺はうれしそうに頭を下げた。

「爺、悪いが、道場へ行って、弥生を呼んで来てくれぬか」

「この年寄りに呼びに行かせるので？」

左衛門が渋った。

「あ、弥生殿なら拙者が呼びに行きましょう」

大門がすかさず立ち上がった。

「うむ。では、大門に頼む」

文史郎はうなずき、霧壺に向いた。

「霧壺、おぬしに、ぜひ、尋ねたいことがある」

「……はい。なんでございましょう？」

霧壺は鬼吉や染吉にちらりと流し目をしてうなずいた。

鬼吉たちが居なくなってから、というのだろう。

「……うむ。あとでいい」

文史郎はうなずいた。

二

やがて鬼吉たちは染吉を連れ、来た時と同じように、静かに引き揚げて行った。

長屋は静けさを取り戻した。

文史郎は霧壺に向いた。

「おぬしのお腹の子、いったい、誰の子なのだ？」

「はい。それが……」

霧壺は俯いたまま、じっと畳を見つめていた。

「正直に申せ」

「…………」

霧壺は俯いたまま、答えようとしなかった。

「匡時殿の子ではないのか？」

「…………」

「匡時殿には、そう告げたのだろう？」

「……はい」

霧壺はうなずいた。

「これは、大事なことだ。正直に申せ。匡時殿の子なのだろう？」

「…………」

「違うと申すのか？」

「…………」

霧壺はうなずきもせず、かといって頭を左右に振るでもなく、頑《かたく》なに俯いていた。

文史郎は左衛門と顔を見合わせた。

「もし、匡時殿の子ではない、としても、余も爺も責めはしない。約束する。おぬしが誰の子を宿したのかきいても他言はしない。正直に教えてくれぬか？」

「…………」

「越後屋金兵衛の子か？」

「…………」

「大丸屋の若旦那実代吉の子か？」

「…………」

「では、南海屋政兵衛の子か？」

「…………」

「いったい、誰の子なのだ？」

文史郎は苛立ちを抑え、猫撫で声で訊いた。

霧壺は顔を上げた。きっと顔を強ばらせていった。

「……正直申し上げて、私にも分からないのです」

「なんだって？　分からない？」

「はい……」

霧壺は消え入りそうな声でいった。

文史郎は腕組をした。

「そんなことがあるのか？　女子のおぬしに分からぬとは、信じられないが」

「おおよそ、そうではないか、としか分からないのです」

「どうしてだ？」

「殿、訊くのも野暮《やぼ》というものでしょう」

左衛門が脇から口を挟んだ。

「…………」

霧壺は、かすかに微笑んだ。

文史郎は悟った。

「そうか。同じころに相前後して、同衾したというわけか。それでは分かるまいな」

文史郎は、匡時に、どう答えたらいいものか、と思った。

本人にも分からないとしたら、生まれた子を見なければ、誰の子か分からないことになる。

細小路に話し声が起こった。

やがて戸口に大門と弥生の姿が現れた。弥生は若侍姿だった。

「文史郎様、やっとそれがしの出番が来たようですな」

弥生は男言葉でいった。

「うむ。女子のおぬしにしかできぬ仕事だ」

「女子の、と付くところが、少々気に入りませんが、ま、いいでしょう」

弥生は艶《あで》やかな小袖姿の霧壺を見て、すぐに得心した。

「文史郎様や大門様には、誘惑が過ぎましょうし」

「弥生殿、それがしも、老いたりといえども、まだ現役のつもりだが」

左衛門が口を尖らせた。

「はいはい。左衛門様もです。皆さんには目の毒です」

弥生は笑いながら、部屋に上がった。

霧壺の許に近寄り、二人で話しはじめた。

文史郎は、すぐに打ち解けて話す二人に目を細めた。

弥生は若侍姿をしているが、霧壺に負けず劣らず美形だった。行灯や蠟燭の明かりに照らされ、二人の女は光り輝いている。

「さて、大門、今夜は、余と爺をおぬしの長屋に泊めてくれ」

「もちろんでござる」

「何かがあっては困る。三人交替で、不寝番に立つ。よいな」

「いや、不寝番は、爺と大門殿の二人でやりましょう。殿を不寝番に立たせるわけにはいきません」

「そうそう。朝までなら、拙者と爺さんの二人で十分。殿には、ゆっくり寝てもらい、いざ、というときにご活躍願いたい」

大門は弥生と霧壺を見ながらいった。

「二人とも不寝番に立つといっても、霧壺と弥生のいる長屋の外で見張るということだぞ。中に入ってではない。いいな」

「え？　そうでござったか。それははなはだ残念。のう、爺さん」

「大門殿は、いつもこれだから」

左衛門は頭を振った。

弥生が文史郎たちに向き、にこやかにいった。

「では、夜も遅うござる。ここは、それがしに任せて、お引き取りください」

「お休みなさいませ」

霧壺も微笑み、文史郎たちに頭を下げた。

三

明け方近くだった。

ふと文史郎はただならぬ人の気配に、はっとして目を覚ました。

細目に開けておいた油障子戸の隙間を、何人もの黒い影が足音を忍ばせて走って行くのが見えた。

文史郎は起き上がった。

行灯の明かりは消え、隣の蒲団からは左衛門の寝息がきこえた。

不寝番の大門は？

なんと大門も柱に寄り掛かり、心張り棒を抱えて、うつらうつらしていた。

「大門、起きろ」

文史郎は小さく声をかけた。

「……もう食えぬ」

大門は呟いた。

「爺！」

「な、何ごと？」

左衛門は飛び起きた。

「様子が変だ」

文史郎は刀を手に土間に降りた。浴衣の帯を締め直す。

油障子戸を開け、外に出た。

大門は大きく伸びをした。

「な、なんだ。爺さんか」

「殿が、外の様子がおかしいと」

左衛門が大門に小声でいった。

天空に半月が掛かっていた。月明かりの下、細小路の先に黒装束の人影が蹲ってい
る。

細小路を折れた先は、弥生たちがいる長屋だ。

文史郎は腰の帯に大刀を差した。

「殿」左衛門が後ろについた。

大門ものっそりと出てくる。

「大門と爺は、裏から回れ」

「承知」

大門と左衛門は細小路を反対側に急いだ。長屋の細小路は二本並行しており、裏手
を回り込んでも、文史郎たちの長屋の前に出る。

頃合いを見計り、文史郎は堂々と影たちに歩き出した。

影たちは気付き、文史郎を振り向いた。

いずれも黒覆面で顔を隠した黒装束だった。

「おぬしら、そこで何をしておる」

文史郎は鯉口を切った。

黒装束たちは、一斉に刀を抜いた。

刃が月明かりに映《は》えて鈍く光った。

いきなり、文史郎たちの長屋から、油障子戸を破る物音が響いた。

弥生の怒声が上がった。

「おのれ、狼藉者《ろうぜきもの》！」

文史郎は黒装束たちに向かって駆けた。

細小路は細くて狭い。二人が並んで刀を振るえない。黒装束たちは、一人ずつ刀を構え、文史郎を通すまいとしている。

「退け、退かぬと斬るぞ」

文史郎は腰の刀に手をかけたまま突進した。

最初の影が斬りかかった。

文史郎は抜き打ちざまに影の胴を払った。

峰打ちだが、肋骨《ろっこつ》の折れる音が響く。

次の影に体当たりし、三人目の影とともに突き飛ばした。

四人目の影が斬りかかった。

文史郎は刀で払い上げ、峰打ちで小手を打った。影は悲鳴を上げ、ぽろりと刀を落とした。

小路を折れ、表木戸につながる細小路に出た。

長屋の戸口の前で、数人の黒装束たちが中に押し入ろうとしている。

文史郎は叫びながら、戸口の前にいる黒装束たちに突進した。

「弥生、無事か？」

「文史郎様。大丈夫でござる」

弥生の声がきこえた。

戸口の前の影たちは文史郎に振り向き、刀を構えた。

細小路の裏手でも斬り合っている。

文史郎は突進し、一瞬にして、二人を打ち倒した。

「引け、引け」

鋭い声がきこえた。表木戸の方角に、頭らしい黒装束が立っていた。

文史郎は、頭の方に向き直った。

中から飛び出した影たちは、慌てふためき、文史郎の脇を擦り抜けて、表木戸へ走って行く。

細小路から出てきた黒装束たちも、一斉に木戸から表通りに逃げて行く。

頭らしい黒装束が最後に後退し、やがてくるりと踵《きびす》を返して、黒装束たちの一団を追って消えた。

文史郎は刀を腰に戻し、長屋の中に声をかけた。

「弥生も霧壺も無事か」

「無事でござる」「はい」

弥生と霧壺の声があいついで返った。

浴衣姿の弥生が、刀を手に戸口から出て来た。弥生の後ろに立った霧壺の姿が月明かりに青白く映えた。

大門と左衛門がどたどたと足音を立てて細小路を駆けて来た。

左衛門が怒ったようにいった。

「逃げ足の早い連中だ。あっという間に、裏木戸から逃げて行った」

隣近所の障子戸が開き、寝惚《ねぼ》け眼《まなこ》の亭主やおかみさんたちが顔を出した。

「なによ、この騒ぎは」

「なんだ、殿様たちか。いってい、こんな夜中に、なんの騒ぎでえ」

住人たちがぶつぶつ文句をいった。

「長屋の皆さん。もう大丈夫だ。騒ぎは終わった。ゆっくり休んでくだされ」

左衛門が大声でいった。

文史郎は弥生と霧壺に向いた。

「弥生、霧壺、怪我は？」

「ありませぬ」

弥生は刀を懐紙で拭い、鞘に納めた。

「私も」

霧壺は乱れた襟元や裾を直した。

「霧壺、隠れ家でおぬしたちを襲った輩と、同じ連中か？」

「はい。おそらく」

「どうして、ここが分かったのだろう？」

文史郎は首を傾げた。

「もしや、鬼吉たちの動きを見張っている者がいるのではないですか？　忍びの者、あるいは公儀のお庭番とかかもしれませんぞ」

大門が推理を働かせた。

弥生が不安そうにいった。

「また戻って来ますかね」

「いや。すぐには戻るまい」

東の空が青白くなりはじめていた。

左衛門は外れた油障子戸を元に戻しながらいった。

文史郎たちは皆、長屋の中に入った。

部屋の中は、いまの争いで踏み荒らされ、蒲団はめくれあがっていた。

「殿、いまの黒装束たち、以前、ここへ来た連中かもしれませんぞ」

「ともあれ、ここも安全な隠れ家ではない、ということは確かになったな」

文史郎はみんなを見回した。

四

夜が明けた。

まだ暑さがぶり返さぬ前に、文史郎たちは一時弥生の道場に霧壺を移すことにした。

文史郎たちは、霧壺を乗せた駕籠を前後左右を囲むようにして、真っ昼間に堂々と安兵衛店を出立した。

おそらく、黒装束の一味の見張りが、安兵衛店に張り込んでいるはずだ。彼らに長屋には、もう霧壺は居ないということを見せておかねばならない。

案の定、文史郎たち駕籠の一行を見え隠れしながら尾行して来る人影があった。

途中、掘割の船着き場で、駕籠を止め、玉吉の漕ぐ屋根船に乗り換えた。

敵の見張りには、長屋を出たところさえ見せればいい。弥生の大瀧道場まで尾行者を案内する必要はない。

大瀧道場は長屋から、さほど遠くない場所にあったが、わざわざ船でいったん大川まで出た。さすがに舟で尾けて来る気配はなかった。

敵の尾行を撒《ま》いたあと、念のため船で大川を遡り、神田川《かんだがわ》に入った。新シ橋《あらたばし》の船着き場で下り、再び霧壺を駕籠に乗せ、道場に向かった。

今度は目立たぬよう、駕籠には中間《ちゅうげん》姿の玉吉が一人だけ付き添った。文史郎たちは駕籠からだいぶ離れた後方を歩いた。

大回りしての移動だった。何度も調べたが、尾行する不審者の姿は見当たらなかった。

道場は、いつものように、師範代の武田広之進をはじめ、高弟の高井真彦、藤原鉄《ふじわらてつ》之介《のすけ》、北村《きたむら》左仲《さちゅう》らが稽古に励んでいた。

いくら黒装束たちでも、昼日中に、大勢の門弟たちを相手にしてまで襲っては来ないだろう。

文史郎は霧壺を弥生や大門たちに預け、左衛門と玉吉を連れて、南町奉行所へと急いだ。

南町奉行所では、定廻り同心の小島啓伍が文史郎たちを待っていた。

小島啓伍は、文史郎を見ると、破顔して迎えた。

「ちょうどよかった。忠助親分たちが来てますんで、例の辻斬りについて、訊いてください」

「うむ」

文史郎は控えの間に忠助親分を訪ねた。

忠助親分は文史郎に頭を下げた。

「辻斬りのことで、お調べなんだそうで」

「何か、手がかりはないか？」

「へえ。あるにはありやす」

忠助親分は懐から四折《よつおり》にした紙を取り出した。

「こいつが、目撃者たちからきいた辻斬りの似顔絵でやす」

紙を拡げると、眼孔が暗く落ち窪み、頬骨が異様に張り出した、まるで髑髏のような顔が描かれていた。

「まるで死神みたいでしょ？　もっとも死神なんて見たことないが」

文史郎はうなずいた。

「廓で番屋の若い者たちが襲われたときも、死神のような顔の侍だったといっておったな」

左衛門がいった。

「殿、鬼吉に見せたら、どうでしょう？　辻斬りと同じ下手人となるかもしれませんん」

「うむ。そうだな。親分、この似顔絵一枚、貰えぬか」

「どうぞどうぞ」

忠助親分は快くうなずいた。

「ところで、親分、この辻斬りに遭遇して、助かった廓帰りの商家がいたそうだな。たしか辻斬りが狙っていた相手ではなかったので、命だけは助かった。しかし、持っていた百両は盗られたとかいう話」

「へえ。いました。あっしが事情をききやしたんで」

「その商家は誰だというのだ？」

「南海屋でした」

文史郎は左衛門と顔を見合わせた。

「南海屋か」

「殿。もしかすると政兵衛が金で辻斬りを雇ったのかもしれませんな」

忠助親分が慌てていった。

「いえ、大旦那の政兵衛ではありません。息子の公典《きみすけ》の方です」

「なに、若旦那の公典の方だと？」

文史郎は訝った。

「はい。これがまた親の政兵衛泣かせの放蕩息子で、吉原へ入り浸っている、どうしようもない男ですよ」

文史郎は左衛門と顔を見合わせた。

玉吉が文史郎に耳打ちした。

「殿、南海屋の公典は、例の『三猿会』の会員ですぜ」

「なに、実代吉の仲間だというのか？」

文史郎の頭を過《よぎ》った疑惑があった。

もしかして、すべて繋がるかもしれない。


文史郎と左衛門は、奉行所を訪ねた足で、玉吉の猪牙舟に乗り、吉原へ繰り出した。

日本《にほん》堤《づつみ》の船着き場で舟を降り、水茶屋が立ち並ぶ堤に上がった。

見返り柳を左に見て、衣紋坂《えもんざか》を下り、大門を潜る。

昼日中ということもあり、まだ客足は少なく、大門口は人の姿はまばらだった。

文史郎は大門口の四郎兵衛会所に立ち寄り、首代の鬼吉を呼び出した。

四郎兵衛会所に詰めていた若い者は、文史郎や左衛門を知っていたらしく、何もいわず、

「少々、お待ちを」

とだけいいおき、どこかへ姿を消した。

ほどなく仲之町から、若い者を従えた鬼吉が颯爽《さっそう》と現れた。

「相談人様、ようこそ。先日は、染吉がお世話になりまして、ありがとうございました」

文史郎はあたりに気を配った。

「ところで、おぬしたちが帰ったあと、明け方近くに黒装束の一団に襲われてな」

「え、あのあとですかい」

文史郎は手短に経緯を話した。

鬼吉は顔をしかめた。

「どこで霧壺の居所がばれましたかねえ」

「おぬしらが、尾行されたのかもしれない」

「十分に尾行されぬよう気を使っていたはずなんですがね」

「あるいは、おぬしの配下に裏切り者がいるのかもしれない」

「分かりやした。手下を疑うのは嫌だが、もう一度、調べてみましょ。怪しい動きをしている者がいないかどうか」

鬼吉は低い声で誰にもきかれぬようにいった。

「で、いま霧壺は、どちらに？」

「身柄を大瀧道場に移した。大勢、門弟たちがいる。安心してほしい」

「大瀧道場ですかい。分かりやした。何かあったときに間に合うように、近くに何人か張りつけましょう」

文史郎は声をひそめていった。

「ところで、鬼吉、今日ここへ来たのは遊びにではない」

「分かってまさあ。なんか用事があってのことでしょう?」

文史郎は懐から、辻斬りの似顔絵を取り出して、鬼吉に渡した。

「この異形《いぎょう》の侍ではないか?」

「あっしは見てないんですが、満吉が目撃しているんで。これ、お借りしていいですか」

「うむ」

鬼吉は四郎兵衛会所にいた先ほどの若い者を呼び、満吉のところへ行って来るように命じた。

若い者は会所を飛び出し、仲之町を駆けて行った。

「それと、今日参ったのは、惣名主の庄司甚右衛門さんに面会したいのだ。鬼吉、ぜひ、惣名主に会わせてほしいのだ」

「分かりやした。すぐに惣名主にあたってみましょう。惣名主も、また相談人様に会いたいといっていたので、きっと会ってくれると思います。とりあえず、詰め所でお待ちいただけますか」

鬼吉は、文史郎と左衛門を江戸町一丁目の首代詰め所に案内した。

引き手茶屋橘屋《たちばなや》の内所で、文史郎と左衛門は、女将が出してくれたお茶を啜りながら、鬼吉が戻ってくるのを待った。

しばらくして、鬼吉が若い者を連れて詰め所に戻って来た。

「いっしょにお越しください。惣名主が相談人様をお待ちいたしております」

文史郎と左衛門は、鬼吉のあとについて歩いた。

江戸町二丁目の大籬《おおまがき》春日屋《かすがや》。

文史郎と左衛門は、店の奥の座敷に通された。座敷には、惣名主の十一代目庄司甚右衛門が座っていた。

「これはこれは、相談人様、ようこそ、お越しいただきました」

庄司甚右衛門は、文史郎と左衛門に両手を畳につけて、挨拶した。

「相談人様には、花魁の霧壺がお世話になっておるそうで、誠に申し訳なく思っております。ご迷惑かと思いますが、いましばらく、お願いいたします」

惣名主の庄司甚右衛門は、両手をつき、文史郎に深々と頭を下げた。後ろに控えた鬼吉もいっしょに頭を下げた。

「これは、とりあえずのお礼として、どうぞ、お納めくださいませ」

惣名主は小判の紙包みを文史郎の前に差し出した。

「では、遠慮なく、頂きましょう」

左衛門が紙包みを引き寄せた。

「爺、待て」

「殿、霧壺をお守りしたお礼です。何も遠慮をすることはないか、と」

「爺、訳をきいてからにいたそう。でないと、わしらはとんでもない陰謀や悪だくみに加担しているかもしれぬのだぞ」

「は、はい、殿がそうおっしゃるなら」

左衛門は口惜しそうに紙包みを押し戻した。

惣名主は笑いながら、頭を左右に振った。

「相談人様、私どもは、決して、陰謀だの、悪だくみなどはしておりませぬ。ご安心ください」

「では、どうして、おぬしたちは、こうも霧壺を護ろうとしているのか、その理由をきかせていただこうか？」

惣名主は深くうなずいた。

「訳の一つは、霧壺のお腹に宿しているのが、田安匡時様の御子であることです」

文史郎は訝った。

「ほんとうに匡時殿の子なのか？」

「と申されるのは、どうしてでございますか？」

　今度は惣名主が訝った。文史郎はいった。

「霧壺から直接きいた。本人は、誰の子か分からないと。だから、匡時殿の子であるかどうか、分からないと」

「ははは。霧壺なら、そう申し上げるでしょうな。それでいいのです」

　惣名主はにんまりと笑った。

「庄司甚右衛門、おぬしは、どうして匡時殿の子だというのだ？」

　庄司甚右衛門は笑みを浮かべた。

「私は匡時様のお父上の斉匡様から、おききして、そうか、霧壺のお腹の子は匡時様の種だったのか、と判じたわけにございます」

「霧壺本人は分からないといっているのに、なぜ、斉匡殿は匡時殿の子だと判じたのだ？」

「それには、こういう事情があるのです」

　庄司甚右衛門は、静かにいった。

「ある日、幕閣から私に呼び出しがかかったのです。何ごとかと畏れながら、その幕闇の屋敷にお伺いすると、斉匡様が同席なさっておられたのです」

「ほう。それで?」

「斉匡様が、廓に倅の匡時が入れ揚げている霧壺なる女郎がおろう、と申された。私も仮にも吉原の惣名主。廓一の御職である大事な花魁を女郎呼ばわりされて、いささか、むっとしましてな。だが、平気な顔をして、霧壺ならおりますが、いかがなされましたとおききしたのです。そうしたら、その女郎、あろうことか倅の種を宿したらしいと。いつか将軍になるかもしれぬ身でありながら、犯した倅の不始末、はなはだ遺憾《いかん》だ。ことが露見して大事になる前に、おぬしの力で、なんとかその女郎の始末をつけてくれぬか、とおっしゃいました」

「ほほう。始末をのう」

「はっきりとは申されませんでしたが、言外に、霧壺のお腹の子を、母親もろとも、葬《ほうむ》り去れ、ということでしょう」

「なんと答えたのでござるか?」

「きっぱりとお断りしました」

「そうだろうな。でなかったら、いまごろ霧壺は始末されていた。しかし、どういって断ったのかな?」

「田安様は、霧壺のお腹の子はご子息匡時様の子だと決め付けておられるが、そうとは限りませぬと。霧壺は匡時様には、匡時様の子だと申し上げたかもしれませんが、ほかの馴染み客である越後屋にも、南海屋にも、大丸屋の若旦那にも、同様に、お腹の子はあなたの子だと告げています、と。誰の子とは分かりません、と」

「ははは。そうしたら？」

「田安様は、目を白黒させて、言葉に詰まっていました。そうしたら、勘定奉行様が笑いながら、助け船を出してくれまして、遊女の真《まこと》は信じられませんからな、まともにおききになってはいけないのでは、と収めてくれたのです」

　庄司甚右衛門は、そこで一息ついた。

「でも、私は、そう説明しながら、ふと霧壺の真意が分かったような気がしたのです」

「霧壺の真意だと？」

「そうか。頭のいい霧壺のこと、きっとことの重大さを悟って、煙幕を張ったのではないかと」

「なに？　煙幕？」

「真実を隠すための目眩《めくら》ましです」

「霧壺は嘘をついているというのか?」

庄司甚右衛門はうなずいた。

「はい。あの霧壺は、幼いころから、私ども廓の者が手塩にかけて育て上げた名花にございます。あの娘は聡明で教養があり、感情も豊かで文才や詩才もある。心優しく、周囲の人への気配りができる。申し分なく頭のいい娘です。もし、将軍様になるかもしれぬ御方の子を宿したとなったら、いかなることになるのか、あの娘が分からないはずはない」

「なるほど」

「男の私どもは分かりませんが、女子はよほどのことがない限り、お腹の子は誰の子かは、しっかり分かっているものです。まして頭のいい霧壺が、誰の子なのか分からないはずがない」

「では、霧壺は、お腹の子が誰の子なのかちゃんと分かっているというのだな」

文史郎は左衛門と顔を見合わせた。

「はい、分かっているでしょう。その重大さも分かっているはず。だから、真剣に嘘をついて煙幕を張っているのです」

「ううむ」

文史郎は思わず唸った。

女子は分からない。いつも男は女子に騙されている。

左衛門も顔をしかめて考え込んでいる。

庄司甚右衛門はまた一呼吸おいていった。

「霧壺ほどの名妓、美妓であっても、もし、子を胎《はら》んだら、普通、楼主は無理にでも堕《お》ろさせます。ですが、お腹の子が将軍家に血の繋がる子だとか、やんごとなき御方の子であるとか、あるいは、大事な御贔屓《ひいき》のお客様の子となると、そう簡単には堕ろしません」

「なぜ？」

庄司甚右衛門は、ふっと頬に笑みを浮かべた。

「煎《せん》じ詰めれば、吉原を守るためです」

「どうして、子供を生ませることが、吉原を守ることになるのだ？」

「もし、天下の将軍家に繋がる血筋の御子が、あるいは、やんごとなき身分の御方の御子が廓にいるということになったら、幕府もおいそれとは吉原に手を出せない。吉原を無下《むげ》に潰すようなことはできないでしょう。逆に、吉原を守ってくれたり、便宜を計ってくれるかもしれないのです」

「……人質みたいなものだな」

「そうです、人質でございますな」

庄司甚右衛門は笑いながら、うなずいた。

「遊女に真《まこと》なし、遊女は嘘つき、とよくいわれますが、嘘も方便、遊女も身を守るためなので、仕方がないことでしょう」

「それは、そうだ」

「霧壺の場合、特別の事情もございます」

「ほう。どう特別なのだ?」

「あの娘は可哀相なことに、乳飲《ちの》み子のころに両親兄弟姉妹をすべて、大地震と、その直後の津波で失ってしまった。身内はおらず、たった一人、天涯孤独の身なのです。ですから、年季が明けて自由の身になっても、帰る家がない。引き取り手もいない。吉原が唯一の故郷で、私どもが親代わりとなるしかない娘なのです」

「……可哀相な娘だな」

文史郎は、霧壺の美しさに、どこか憂《うれ》いの翳《かげ》があるのは、そのせいか、と思った。

ひしひしとした孤独が女子を美しくするというのか。

「ですから、あの霧壺にとって、お腹に宿した子は、誰の子であれ、ほんとうに血が繋がった唯一の家族になる。だから、どんなことがあっても、霧壺はお腹の子を堕ろさず、生んだ我が子は手放さない。まして、誰かに我が子を奪われそうになったり、殺されるとなったら、必死になって、赤子を守ろうとするでしょう。我が子のためなら、どんなことでもやるし、どんな嘘もつく、不義理も働くと思います」

「なるほどのう」

「長々とお話しましたが、なぜ、私どもが霧壺を守るのか、お分かりいただけましたでしょうか？」

「うむ。よく分かった。そういう事情ならば、霧壺をお預かりいたそう」

文史郎はうなずいた。傍らの左衛門も、何もいわずにうなずいていた。

「引き受けていただき、ほっとしております」

庄司甚右衛門は安堵の表情になった。

文史郎は鬼吉に顔を向けた。

「ところで、鬼吉、さっき渡した辻斬りの似顔絵だが、どうであった？」

鬼吉はやや膝を進め、似顔絵を見せた。

「へい。この似顔絵を満吉に見せたところ、そっくりだと。この死神みたいな侍に間違いない、と申してました」

「やはり、そうか」

文史郎は似顔絵を庄司甚右衛門に差し出しながらいった。

「この似顔絵は、浅草寺界隈や箕輪界隈に出没し、廓帰りの客を襲った辻斬りです。この辻斬りが、道中をしていた霧壺を襲ったごろつきたちを斬殺した男にそっくりだということです」

「そうでございますか」

「この辻斬りを雇った輩が、どうやら分かり申した。ちと、首代頭の鬼吉の手をお借りしたいが、よろしいか？」

「はい。結構です。鬼吉、相談人様に力を貸しなさい」

「へい。相談人様、あっしになんでもおっしゃってくだせえ」

鬼吉は顔に不敵な笑みを浮かべ、文史郎の前に進み出た。


文史郎たちは首代の詰め所に戻った。

鬼吉は、ははんとうなずいた。

「『三猿会』ですかい？　知ってまさあ。大呉服店や札差、米問屋、材木商、廻船問屋などの後継ぎの若旦那衆が廓遊び仲間で創った無尽講《むじんこう》でやしょう」

「おう。存じておるか。ならば話は早い。講の仲間に、大丸屋の実代吉が入っておらぬか？」

「入ってます。まだ若いのに、大丸屋の若旦那は派手にお金を遣っていただいているので、廓で知らぬ者はいないでしょう」

「そうか。そんなに派手に遊んでいるか。『三猿会』のほかの若旦那衆は？」

「ときどき『三猿会』の若旦那衆は、お遊びの度が過ぎた悪さをするんで、用心にいつも若い者を何人か付けているんですが。『三猿会』が、また何かやらかしそうなんですかい？」

「うちの手の者が聞き込んだ話では、講で集めた五千両を賭けた遊びをやっているらしいのだ」

「五千両ですかい。それはでかい講ですね。いったい、何を賭けているんです？」

「霧壺を落とした奴が、五千両を頂けるという賭けらしい」

鬼吉はふっと笑った。

「また、そんな遊びをしているんですかい」

「前にも、その連中は、そんな遊びをしているのか？」

「『三猿会』だけではないんですが、廓遊びに慣れた連中が、退屈しのぎに、何人か寄り集まって、花魁と誰が一番早く馴染みになれるか、という競争をするんです。それで悪さをしない限り、あっしらは黙認しているんですがね」

「悪さというのは？」

「花魁を巡って痴話喧嘩《ちわげんか》になったり、負けた連中がやっかみ半分で、花魁をひっぱたいたりすることがあるんです。そんな客は当分出入り禁止にしたりするんですが、懲《こ》りない連中でしてね。しかし、確かに五千両は半端な金ではないですね」

　鬼吉は顔を曇らせた。

「その『三猿会』は、いったい誰が中心になって、やっている講なのだ？」

「たしか、いまは南海屋の公典っていう若旦那が仕切っているときいてましたが」

　文史郎は左衛門と顔を見合わせた。

「鬼吉、その南海屋の公典を調べてほしいのだ。町方の調べでは、その公典だけが辻斬りに遭ったにもかかわらず、金を出して助かっている」

「辻斬りってえのは、こいつですかい」

　鬼吉は懐から似顔絵を取り出した。

「余の推測では、公典は、その辻斬りを金で雇って霧壺を殺そうとしているのではないか、と思っている」

「もし、そうなら、とんでもねえ野郎だ。分かりやした。南海屋の公典が、この辻斬り野郎を雇っているかどうか、調べてみます」

「うむ。頼む。しかし、用心してくれ。その辻斬りは、かなりの手練《てだれ》らしい」

「へい。で、相談人様は、これから、いかがなさるつもりで？」

「儂らは実代吉に会ってみる。何か分かるかもしれない」

「分かりやした。では、あっしはこれで失礼しやす」

鬼吉は周りにいた若い者に目で合図し、風を巻いて外に出て行った。若い者たちが慌ただしく後を追った。

「殿、儂らも行きましょう」

「爺、せっかく廓に来たというのに」

「殿、がまんですぞ」

文史郎は左衛門に腕を取られ、しぶしぶ大門《おおもん》に向かって歩き出した。

五

太陽がだいぶ西に傾き、暑さも峠《とうげ》を越えた。

掘割の川面を渡り、涼しげな風が吹き寄せてくる。

文史郎は団扇を扇ぎ、川面に広がる細波《さざなみ》に目をやった。

水茶屋の二階で、冷えた酒を飲んでいるうちに、いつしか、一刻ほどが経っていた。

町家の娘と手代らしい二人を乗せた猪牙舟が窓の下の掘割を移動して行く。

「殿、惣名主に、事情がよう分かったとおっしゃっておられましたが、爺にはちいっとも分かりません。何やら迷宮に入ったようで、まったく出口がどこにあるのか見当もつきません。霧壺が身籠もった子は、匡時様の子なのですか？　それとも違うのですかな？」

「ははは。爺には分からぬか。それなら、それでいいではないか」

「いや、よくありませぬ。どうもすっきりしない」

左衛門はまだ納得しない顔で頭を振った。

「いらっしゃいませ。お二階へどうぞ。お待ちになられています」

階下から女将の声が響いた。

「お、来たようだな」

文史郎は湯呑みの冷酒を飲み干した。

左衛門も、膳を脇にどかした。

やがて、階段を登る足音が響き、女将に案内された玉吉と、不貞腐《ふてくさ》れた顔の実代吉が上がって来た。

「実代吉を連れて参りました」

玉吉は実代吉の軀を小突き、文史郎の前に座らせた。

実代吉は文史郎の前にどっかりと胡坐《あぐら》をかいて座った。

「なんでえなんでえ。相談人かなんか知らねえが、どうせ親父か誰かに頼まれたんだろう。突然、呼び出しやがってよ。こちとら忙しいんだ」

「控えおろう！　この無礼者めが」

左衛門が立ち上がると、大声で怒鳴りながら、実代吉の胡坐をかいた脚を蹴り飛ばした。

実代吉は畳の上に転がった。

「な、なにをするんでえ」

「無礼な！　殿の御前だぞ」

左衛門は腰の小刀の柄に手をかけた。

「場合によっては、手討ちにしてくれぬ」

実代吉は慌てて膝を揃えて座り直した。

「爺、まあ、いいではないか」

文史郎は笑いながら左衛門を宥めた。

「殿、よくありません。殿が許しても、爺は許しません。こんな若造が年長の者に対して取る態度ではござらぬ。礼儀知らずにもほどがある。親に代わって、礼儀を教えねばなりませぬ」

左衛門は顔を赤くして怒っている。

「……いってえ、どうなってんだ？」

実代吉は首をすくめ、ぶつぶついいながら、後ろに控えている玉吉を見た。

玉吉は正座したまま身じろぎもしないでいた。

「実代吉と申したな。訊きたいことがある。吉原の花魁霧壺のことだ」

「へい。霧壺のなんですかい？」

「おぬし、松葉屋に霧壺を身請けしたいと申し入れたそうだな」

「へい。申し入れました」

「霧壺が、おぬしに身請けしてもらいたいといっていたのか」

「あたりきでさあ。そうじゃなかったら、あっしが身請けしたいなんぞいうはずがない。霧壺と取り交わした熊野誓紙もありやす」

実代吉は懐から大事そうに熊野牛王符を取り出した。

「どれ、見せてくれぬか」

文史郎は手を差し伸べた。

実代吉はさっと熊野誓紙を引き上げ、文史郎の手が届かぬ位置に掲げた。

「勘弁してくださいな。そうやって、あっしからこの熊野誓紙を取り上げようっていうんでしょう？　そうはいかねえ」

左衛門が気色《けしき》ばんだ。

「実代吉、殿に向かって、なんという無礼なことをする。許さぬぞ」

実代吉は、左衛門がいまにも小刀を抜いて斬りかかりそうな気配に、後ろに飛び退いた。

「おっとっと。危ねえ危ねえ」

「ははは。爺、いい。実代吉、おぬしは余を信用しておらぬようだ」

「勘弁してくださいな。この熊野誓紙は五千両の価値があるんで。それを滅多な人に手渡すわけにはいかねえんでさあ」

「『三猿会』の講の五千両が掛かっているのだろう？」

「どうして知っているんです？　みんな内緒にする約束だったんだけどな。いったい誰からききやした？」

実代吉は訝った。文史郎は笑った。

「先刻承知のこと。その五千両をすんなりと、おぬしに渡したくない輩がいるのも知っておるだろう？」

文史郎は実代吉に鎌をかけた。

実代吉は顔を醜く歪めた。

「畜生、やっぱり。南海屋の公典だな。やつは俺が霧壺に振られる方に賭けた。負けた腹いせに、あんたら相談人に、この誓紙を取り上げさせようってしたんだろう」

「実代吉、安心せい。それがしたちは、そのような南海屋の公典とはまったく関係がない。ただ霧壺のお腹の子が、いったい誰の子かを調べるように、ある人から依頼されているだけだ」

「誰の子だって？　そんなことは、どうでもいいんでやしょう」

「どうしてだ？　おぬしの子ではないのか？」

「あっしには、この熊野誓紙さえあれば、どうでもいいんで」

実代吉はにたにた笑った。

実代吉は熊野誓紙を懐に仕舞おうとした。

文史郎は穏やかにいった。

「手に取らずともよい。余の目の前に起請文をかざして見せてくれ。そのくらいはいいだろう。何もせん。武士に二言《にごん》はない」

「へい。……」

実代吉は恐る恐る熊野誓紙を広げ、文史郎の前に掲げた。

裏に三脚の鴉の画が描かれた熊野牛王符だった。

そこに自分たちは今世だけでなく、来世も共に添い遂げることを誓う間柄であるという起請文が書いてあった。末尾に麗々しく霧壺と実代吉の二人の署名がなされ、血判が捺《お》されてあった。

「本物なのか？」

「正真正銘の本物でさあ。あっしが霧壺と一夜をともにしたときに、あっしの目の前で霧壺が書いた起請文でさあ。もし、霧壺があっしを裏切るようなことがあったら、きっと神様の罰《ばち》があたらあ」

実代吉は急いで誓紙を折り畳み、大事そうに懐に戻した。

文史郎は左衛門と顔を見合わせた。

「それが霧壺を口説《くど》き落とした証拠だとしても、霧壺のお腹の子は、おぬしの子だという証拠にはなるまい」

「かもしれねえが、この誓紙さえあれば、講の五千両は、おいらのもんでえ。正直、あとは、どうだっていいんで」

「五千両さえ手に入ればどうでもいい、ということか？」

「ま、そういうことでさあ」

「五千両が手に入ったら、どうするのだ？」

「これまでの積もり積もった借金千両を返しても、四千両もお釣りが来らあ。その金でまず松葉屋から霧壺を身請けしまさあ」

「うむ」

「霧壺を廓から出せば、あとはこっちのもんでさあ。霧壺とお腹の子を揃えて、越後屋でも田安様でも、高く金を出す方に譲れば、相手もこちらも万万歳って寸法でさあ」

「なに、霧壺と夫婦になって、添い遂げるつもりではないのか？」

「正直いって、霧壺と夫婦になるつもりはねえですね。花魁遊びは口説き落として、仮の夫婦になるまでがおもしれえんで、廓の外に連れ出して夫婦になるほどのことはねえ。一時、夫婦になっても、きっと飽きが来てしまうでしょうぜ」

「花魁を口説き落とすまでがいいか」

「そうでやすよ。廓の中では、敵娼《あいかた》も本気、こちらも本気。だが、あくまで廓っているう夢の世界でのやりとりがおもしろいんで。廓の外に出て、現《うつつ》の世界になったら、いっぺんに夢は覚めてしまいやしょう。そうなったら、恋は色褪《いろあ》せ、つまらなくなってしまいやす」

「もし、おぬしが、霧壺を身請けできなかったら？」

「そうなっても、あっしの手許には四千両が残るでやしょう。親父がいくら勘当だのなんのといっても、四千両を持って家に戻れば、けちん坊の親父のことだ、きっと喜んであっしの勘当を解くことでしょうよ」

「なんて親不孝者なのだ」

左衛門が腹立たしくいった。

実代吉は首をすくめた。

「相談人さん、これで、あっしの話はいいですかい？」

「うむ。ご苦労。帰っていい」

「では、御免なすって」

実代吉は腰を低め、ぺこぺこと頭を下げながら、玉吉といっしょに廊下に出て行った。

階段を降りる足音がし、女将の見送る声がきこえた。

「殿、ほんとうに親泣かせのけしからん男ですなあ」

左衛門は呆れた顔をしていた。

「爺、あれが、いまどきの若者なのだろう。女子を口説くのも遊びのうちというのだからな。時代も変わったものだ」

「それにしても五千両はでかいお金ですな。いまの金持ちのどら息子たちのやることには、呆れますなあ」

階段を上がる足音がし、玉吉が戻って来た。

「実代吉は藩邸に帰って行きました」

「あの誓詞一枚で、五千両を持って行かれるとしたら、講仲間も心穏やかではあるまいな」

「それで実代吉も用心して、藩邸に屯している腕っ節の強い折助を二人用心棒にして、連れ歩いているんでやす」

玉吉は窓の外を覗きながらいった。

文史郎は窓から、外の通りに目をやった。

掘割沿いの白い砂利道を急ぐ実代吉の姿があった。脇差しを腰に差した無頼漢が二人、ぴったりと実代吉に寄り添うように歩いている。

播磨姫路藩の上屋敷は掘割沿いの道を、およそ一丁ほど行った先にある。

掘割の岸辺には、柳の木が枝を垂らしている。枝は風に吹かれてゆらゆらと揺れていた。

掘割の水路を屋根船や猪牙舟が行き来している。

川面に反射した陽光が眩くきらめいていた。

柳の木の下から、人影がゆらりと現れ、実代吉の行く手に立ち塞がった。

何ごと？

文史郎は二階の窓の欄干から、外の様子を窺った。

人影はゆらゆらと軀を揺らめかせ、実代吉の行く手を邪魔した。

後ろについていた荒くれ者たちが、一斉に脇差しを抜き放ち、実代吉の前に出た。

荒くれ者たちは、行く手を塞ぐ人影に、どけどけと叫び、斬りかかった。

人影の刀が一閃、二閃した。

荒くれ者は崩れ落ちた。

「いかん！　辻斬りだ」

文史郎は刀を掴み、部屋を飛び出した。

「爺、玉吉、ついて参れ」

廊下から階段を三段跳びで駆け降りた。

後ろから玉吉と左衛門が付いて来る。

「どうなさいました!」

女将の声を背に受けたが、裸足で水茶屋の店先から飛び出した。

「助けてくれえ」

実代吉は、逃げようとして、浪人者に背中を斬られ、きりきり舞いをして地べたに倒れた。

「待て待て!」

文史郎は腰の刀を抑えながら、実代吉に突進した。

浪人者は倒れた実代吉に屈み込み、懐を探っていた。

「待て!」

文史郎は倒れた実代吉に駆け寄った。

浪人者は刀を下段に構え、じろりと文史郎を見た。

骸骨のように落ち窪んだ眼孔から、羊の目のような表情のない目が文史郎を見据えていた。頭髪は疎《まば》らで、額から頭頂まで禿げ上がっている。

頭頂に小さな丁髷《ちょんまげ》が結ってあった。

着ている着物は汚れ、つぎはぎだらけだった。痩せた体付きなのに、全身から妖気のような殺気が放たれている。

死の臭い？

死神か。

文史郎は一瞬にして、その老剣士が似顔絵の辻斬りだと分かった。

老剣士は、口元を歪め、黄色い歯を見せて笑った。

「邪魔するか」

老剣士の吐く息から、腐肉のような甘酸っぱい臭いがした。

文史郎は大刀の鯉口を切った。

抜く間もなく、老剣士の軀が実代吉を飛び越えて、斬り間に入った。文史郎の目の前に迫った。

大刀が一閃し、文史郎を上段から襲った。

文史郎は抜きざま、上段からの刃を鎬《しのぎ》で受け流した。

息吐《つ》く間もなく、下段から刀が斬り上げて来る。

文史郎は一瞬、刀を横に払い、飛び退いた。

ついで、辻斬りの刀は、くるりと回転したかと思うと、突き、上段からの斬り、また突き、下段からの斬り上げ、とめまぐるしく変わり、文史郎を攻め立てた。

変幻自在の剣に文史郎は、追われて防戦一方だった。

斬り間から逃れ、ようやく相手との間合いを取った。

呼吸を整えた。冷汗が背筋を流れていた。

出来る。

辻斬りは踊るように、実代吉の軀を跨ぎ、向こう側に引き下がった。

文史郎は青眼に構え、十分に間合いを取って辻斬りを観察した。

年寄りにしては、軀の動きが速い。次の攻めが予測できない。かなりの手練だ。

「おぬし、よくぞ、わしの迷宮剣を躱した。誉めてつかわそう。だが、これは序の口。安心するでないぞ」

辻斬りは骸骨のような顔を歪めて笑った。

「殿、お気を付けくだされ。加勢がおりますぞ」

左衛門が文史郎の左側から叫んだ。右側に、脇差しを逆手に持った玉吉が付いて構えた。

掘割の岸辺から、ぞくぞくと荒くれ者たちが姿を現した。

その数、十数人。

いずれも、凶悪な面構えのごろつきだ。

ほとんどが町奴の無頼漢だったが、なかに数人だが浪人の姿もあった。

荒くれ者たちは、半円状に拡がり、文史郎たち三人を囲んだ。

一斉に脇差しや刀を抜いた。

「何、殿だと？　待て。誰も手を出すな」

辻斬りは手でごろつきたちを制し、嗄《しやが》れ声でいった。

「そうか。おぬしか、長屋の殿様、剣客相談人とやらは……」

辻斬りは嘲《せせ》ら笑った。

文史郎は辻斬りの侮蔑を無視していった。

「おぬしだな。江戸の町を騒がした辻斬りは？」

「だったら、いかがいたす？」

「天に代わって、成敗いたす」

辻斬りは、くくくと肩を震わせた。

「笑止千万《しようしせんばん》。いまの攻めを躱した程度で、わしを斬れると思うか」

「おぬし、何者だ？　名を名乗れ」

「剣客相談人とやら、人に名を訊く前に、自分が先に名乗るのが礼儀というものであろうが」

「文史郎。大館文史郎だ」

辻斬りは黄色い歯を剥《む》き出して笑った。

「……無明《むみよう》 玄斎《げんさい》」

「剣の流儀は？」

「無明流」

いきなり、唸りを上げて石飛礫《いしつぶて》が無明玄斎を襲った。

玄斎は刀の柄で石飛礫を叩き落とした。

「……う、何奴」

唸りを上げて飛ぶ石飛礫は、玄斎だけでなく、荒くれ者たちにも降り注ぐ。

たちまち、荒くれ者たちは総崩れになり、石飛礫から逃れようと、散り散りばらばらになって逃げ出した。

「邪魔が入ったようだな。文史郎、この勝負、おぬしに預ける。次に会うときに決着をつけよう」

玄斎は素早く懐紙で刀の血糊を拭い、腰の鞘に納めた。と思うと身を翻《ひるがえ》し、掘割に飛び込んだ。水音がしない。

おのれ！

文史郎は急いで掘割の岸辺に駆け付けた。玄斎を乗せた屋根船が掘割の水面を滑って行く。玄斎は船の上に仁王立ちし、文史郎を見上げていた。

荒くれ者たちを乗せて来た舟が何艘も岸辺に集まっている。

周囲から喊声が上がった。

文史郎ははっとして振り向いた。

大勢の法被姿の若い衆が通りの先から、喊声を上げ、突棒や刺股を手に駆けて来る。法被の背には廓の紋が入っていた。首代に率いられた廓の若い衆だった。

若い衆は逃げる荒くれ者たちに襲いかかった。

たちまち、荒くれ者たちは若い者たちに追いまくられ、掘割に転げ落ちたり、ほうほうの体《てい》で通りを逃げ出して行く。

左衛門や玉吉は茫然と、法被姿の若い衆と荒くれ者たちの闘いを眺めていた。

「実代吉、しっかりしろ」

文史郎は急いで倒れている実代吉に駆け寄り、抱え起こした。

肩口から、ばっさりと背中を斬り下ろされていた。出血がひどい。すでに実代吉の顔は血の気を失い、死相が現れていた。

「…………」

実代吉はわなわなと震える手を懐に入れようとした。

文史郎は実代吉の懐に手を入れた。だが、どこにも熊野誓紙はなかった。

「やつに盗られてしまったようだな」

実代吉はへらへらと力なく笑った。

「いいんでさあ。あんなもの盗ったって、しょうがねえのに。あいつら馬鹿な連中だ」

「あいつらって？」

「南海屋の公典たちでさあ。五千両をおれに取られるのが惜しいばかりに、こんなことしやがって」

実代吉は苦しげに喉をごろごろといわせはじめた。

「……罰が当たったんでさ。おれが悪いんだ……」

「なんの罰が当たったというのだ？」

「……あれ、ニセなんで……。神様に嘘ついてしまった……」

「偽誓紙だったのか？」

「……霧壺と交わした起請文じゃねえ。……おれが勝手にこさえた誓詞……五千両欲しさに……」

「そうだったのか」

「だけど……霧壺に……いってくれ」

「なんといえばいい？」

「……霧壺に本気で惚れていたって。……五千両で請け出し、本気で所帯を持つつもりだったって。……もし、お腹の子が、おれの子でなくても構わねえ。いっしょに暮らしたかったって……」

　実代吉は急に仰《の》け反《ぞ》った。

「……畜生」

　実代吉は声を搾《しぼ》り出し、目を剝いたまま、動かなくなった。

「臨終《りんじゅう》ですな。南無阿弥陀仏」

　傍らから覗き込んでいた左衛門が実代吉に手を合わせた。

「うむ。成仏しろよ」

　文史郎は実代吉の見開いた目蓋《まぶた》を指で閉じた。地べたに実代吉を横たえた。

「相談人様」

法被姿の若い衆の中から、首代頭の鬼吉が文史郎の前に現れた。

「南海屋の公典を尾行して来たら、なんとあの辻斬り野郎と合流した挙句《あげく》、この騒ぎでした。やっぱり、相談人様の推測が当たってましたね」

文史郎はあたりを見回した。

「なに、南海屋の公典が来ているのか？」

「いえ。やつはさっさと屋根船で逃げました」

「あの屋根船にいたのか」

「大丈夫でやす。若い者に舟で尾行させてありやすんで。行き先は、どうせ、南海屋に決まってますし」

左衛門が傍らからいった。

「殿、これで、あの玄斎を使って霧壺の命を狙う黒幕が南海屋の公典だと分かりましたな」

「うむ」

「もう、公典が霧壺を狙うことはないでしょう。実代吉は死んだし、結果的に賭けに勝った公典が五千両をせしめるのですからな」

法被姿の若い者たちが、実代吉や用心棒の遺体に菰を被せていた。

「しかし、実代吉と用心棒二人を殺した始末は、つけねばなるまいて。わしらがやることではないが」

「それはそうですな。では、町方の小島啓伍に届けて、あとの始末は奉行所に任せましょう」

「相談人様、ちょっと待ってくだせえ」

鬼吉が口を挟んだ。

「南海屋の公典については、あっしらに任せてくれませんか。廓の中で、花魁が殺されかけ、守ろうとした若い者が何人も殺されています。そのおとしまえをつけないと、他に示しがつけられませんので」

「そうだな。廓の中のことは、首代頭、おぬしたちが始末をつけねばな。分かった。小島には、そういう事情を申しておこう」

「ありがとうごぜいやす」

「ところで、首代頭、あの辻斬り、無明玄斎は用心しろ。玄斎の迷宮剣はかなりの殺人剣だ。それがしも、先ほど危うく斬られかけ、冷汗をかいた。玄斎については無理をするな。見つけたら、それがしを呼べ。いいな」

「分かりやした。そんときは、よろしくお願いします。では、これで」

鬼吉は腰を低め、頭を下げながら引き揚げて行った。

六

何ごともなく、三日が過ぎた。

文史郎が左衛門とともに、湯屋から長屋へ戻ると、部屋の行灯に灯が入れられ、匡時の小姓の戸羽玄之勝が待っていた。

戸羽は文史郎と左衛門に頭を下げた。

「お隣のおかみさんから聞きました。お二人で湯屋へ御出でになられたとか。間もなくお帰りになるだろうと思い、無断でしたが、部屋で待たせていただきました」

「よく我らの長屋が分かったな」

「はい。佐治又衛門殿から、おききしましたので」

「ちょうどよかった。おぬしに連絡を取ろうとしていたところだった」

文史郎は濡れ手拭いを部屋に張った紐にかけて干そうとした
「殿、そのようなことは爺がやりますゆえ」

左衛門が慌てて文史郎から濡れ手拭いを取り上げ、紐に拡げて吊した。

文史郎は畳にどっかりと胡坐をかいた。

戸羽が膝行し、文史郎の前に正座した。

「相談人様、霧壺につき、その後、何かお分かりになりましたでしょうか？」

「うむ。匡時殿にお知らせ願いたいことがある。霧壺のお腹の子のことだが」

「はい。いかがでしょう？」

「霧壺に直接尋ねたところ、匡時殿の子種か否か、本人にも分からないということだった」

「……そ、そんな馬鹿な」

戸羽は憮然とし、悪態をついた。だが、すぐに思い直した様子で、

「いや、失礼いたしました。取り乱しまして。と申しますのは、霧壺は確かに若君の御子であると手紙で知らせて来ました。それなのに、いまごろになって、誰の子か分からないとはおかしい。嘘をついていたということでござろうか」

文史郎は顎を撫でた。

「いや、嘘ではないだろう。もしかして、匡時殿の子かもしれないし、あるいは、そうではないかもしれないと。正直に申したのだろう。つまり、あやふやで、確信が持

てないということなのだろう」

「霧壺は、そんなに身持ちの悪い女なのですか」

文史郎は左衛門と顔を見合わせて笑った。

「霧壺は気位の高い花魁とはいえ、遊女に変わりはないからのう。馴染みの客が何人かいても不思議ではない。それを身持ちが悪いというのかどうか」

戸羽は不満げに頭を振った。

「確かに、そうではありましょうが、少なくとも、若君とねんごろになったら、若君だけを馴染みにしてくれぬといかんと、それがしは思いますが」

「うむ」

文史郎は答えようがなかった。

戸羽はほとほと弱った様子だった。

「困りました。若君になんと申し上げたらいいのか」

「いま、余がいったままを、お伝えすればいい」

「しかし、それでは、若君も納得なさらないと思われますが」

「その上で、わしが受けた印象を付け加えればよかろう」

「どのような印象をお受けになられたのですか？」

「あの霧壺の嘘のつき方は、ほんとうのことを隠そうとしての嘘だ」

「と申されると？」

「霧壺のことで、廓の惣名主の庄司甚右衛門に会った。庄司甚右衛門の見方では、霧壺の嘘は真実を隠すための煙幕ではないか、というのだ。わしも話をきいているうちに、なるほど、そうかもしれない、と思うようになった」

　戸羽は身を乗り出した。

「つまり、お腹の子は、誰の子だと？」

「まあ、待て。身請け話を申し入れた馴染みの客たちを挙げると、匡時殿以外には、越後屋の金兵衛、大丸屋の実代吉、南海屋の政兵衛の三人になる」

「…………」

「霧壺が、もし、越後屋の金兵衛の子だといっても、大丸屋の実代吉の子だ、あるいは南海屋の政兵衛の子だといっても、当事者の周辺では揉めるかもしれないが、霧壺があえて隠し通さねばならないことではない」

「…………」

「かといって、越後屋の子ではない、実代吉の子でもない、南海屋の子でもない、といったら、匡時殿の子だというのに等しい」

「なるほど」

「もし、匡時殿の子だと明らかにしたら、田安家上げての大騒動になろう。当主の斉匡殿は激怒して、霧壺に子を堕《お》ろせと迫るだろうし、子がほしい匡時殿は、父親と喧嘩をしてでも霧壺と子を守ろうとするだろう。お家は当主斉匡殿の派と、嫡子の匡時殿を担ぐ派と真っ二つになり、争うことになろう。だから、霧壺は誰の子ともはっきりさせず、曖昧《あいまい》にして真実を先延ばししている、と思うのだ」

「なるほど。ということは、霧壺は言葉ではいわないが、霧壺のお腹の子は若君の子である公算が大ということですな」

戸羽の顔がようやく得心したように綻んだ。

「わしは、そう思う」

「分かりました。早速、屋敷に戻り、いまのお話を若君にご報告いたします」

「しかし、くれぐれも、いまの話、当主の斉匡殿のお耳に入らぬようにしてくれよ。せっかく霧壺が隠そうとしていることだ。もし、万が一、当主がそのことを知ったら、一層、霧壺とお腹の子を葬り去ろうとするだろう。霧壺の身が危なくなる」

「ところで、相談人様は、いま、どちらに霧壺を匿っておられるのですか?」

文史郎は、おやっと左衛門と顔を見合わせた。

「どうして、おぬし、わしらが霧壺を匿っているのを存じておるのだ？」

「ははは。お隣のおかみさんからききましたよ。昨夜遅くに、黒装束の一団がこの長屋を襲ったと。長屋に匿っていた霧壺を連れ去ろうとしたが、相談人の皆さんが、見事撃退なさったとか」

「なんだそうか。明け方近く、長屋をひどく騒がせたからな」

「匿っていた霧壺を駕籠に乗せて、どこかへお連れになったとも、ききましたが」

「そうなのだ。ここも、安全ではなくなり、もっと安全な隠れ家に霧壺を移した。そこならば、我らが居なくても安心していられる」

「そうでござったか。そうときいて、それがしも安心しました。若君は、霧壺がどこにいるのか、ひどく心配しておりましてな。一目でいいから、霧壺に会いたいと申されておりましてな」

文史郎は戸羽にいった。

「おぬしを信用しないわけではないが、教えれば、きっとどこからか隠れ家のことが相手に洩れる。それに、霧壺の居場所をきいた匡時殿がじっとしておれなくなり、出掛けて参るだろう。そうなれば、匡時殿を見張っている者が隠れ家を知ることになろう」

「分かります。隠れ家については、教えていただかなくても結構です。ともあれ、若君には、安全な場所に霧壺は匿われているとだけ、申し上げておきましょう」

「うむ。そうしておいてくれ。それも長いことではない。廓の惣名主は、近いうちに霧壺を江戸から出して、遠い田舎にある隠れ里に移そうと考えている。そうなったら、若君も密かに江戸を離れ、隠れ里に霧壺を訪ねることもできようというもの」

「ほう。そうでござるか。それは耳寄りな話ですな。きっと若君も、それをきいたら、お喜びになることでしょう」

戸羽は刀を手にのっそりと立ち上がった。

「では、今夜のところは、これで。失礼いたします」

「そうか。くれぐれも、いま話したことは、若君以外には内密に」

「承知いたしました。では、御免」

戸羽は土間に降り、草履を履くと、文史郎と左衛門に一礼した。戸を開けると、また一礼して、細小路に出て行った。

文史郎は腕組をし、考え込んだ。

「殿、どうなさいました？　浮かぬ顔をなさって」

左衛門が煙草盆を用意しながらいった。

文史郎はキセルの皿に莨を詰めながら、頭を振った。

「うむ。ちと戸羽の様子が気になってな」

「どういうことです？」

「戸羽は、どうして、わしらの長屋を知っておるのか、だ」

「佐治又衛門殿に教えてもらったといっていたではないですか？」

文史郎はうなずいた。

「……しかし、初めて訪ねる場所なら、爺、おぬしならいかがいたす？」

「どうするって……」

「もし、訪ねる先に、その家の主がいなかったら、いかがいたす？」

「外で待つとかしますな。あるいは、隣の人に言付けを頼んで、どこか、水茶屋とか、居酒屋で待つとかします」

文史郎は寄り掛かっていた壁を拳で、軽くとんとんと叩いた。

「お福さん」

「はーい、なんです？　お殿様」

薄い壁越しに、お福の返答があった。赤子の泣き声や子供たちの声もきこえる。

「お福さんのところへ、わしらの留守中、誰か訪ねて行かなかったかい？」

「はい。来ましたよ。お侍さんが一人」

「お福さんに何か訊いたかい？」

「お殿様たちは留守かって。だから、きっと湯屋に行っているんでしょと。そうしたら、それまで部屋で待たせてもらおうといって、そちらへ行きました」

「ほかには？」

「ええ。昨夜いた女たちは、どこへ行ったかって。私は、そんなことは知らないよっていったら、嘘をつくとためにならんぞ、と脅しめいた言い方をした」

「なに、そんなことをいったのか？」

「はい。お殿様の知り合いのようだったから、何も文句はいわず黙っていたけど、居《い》丈高《たけだか》で感じの悪い侍でしたね」

「ほかにお福さんに何を訊いた？」

「ほかには何も」

「昨夜の騒動については？」

「いいえ。何も訊かなかったですよ。訊けばいろいろ話してあげたのに」

「お福さん、ありがとう」

「確かに変ですね」

左衛門は訝った。

文史郎はむっくりと軀を起こした。

「爺、左隣のお米さんにも訊いて来てくれ」

「はい」

左衛門は急いで立ち上がって、戸口から外に出て行った。

文史郎はキセルの口を啣え、火皿を火種につけて、煙草を吸いはじめた。

すぐに隣からお米と話す左衛門の声がきこえた。

間もなく左衛門は長屋に戻って来た。

「殿、誰も来なかったそうです」

「なるほど。そういうわけか」

文史郎は煙草の煙を天井に吹き上げながら一人ほくそ笑んだ。

七

二日後。

その日は朝から細かい雨が降っていた。

天空には分厚い雨雲が垂れ籠め、蒸《む》し暑さがいくぶんか薄れていた。

文史郎と左衛門は、長屋を出ると、いつものように尾行に用心しながら、掘割の船着き場で玉吉の漕ぐ猪牙舟に乗った。いったん大川へ出てから、神田川を遡り、大きく遠回りをして大瀧道場へ行った。

誰にも尾《つ》けられた気配はない。

道場はいつものように大勢の門弟たちが竹刀を打ち合い、稽古に励んでいた。

師範代の武田広之進が門弟たちに稽古をつけている。

いつもなら道場主の弥生や大門の姿もあるはずなのに、今日に限っては、二人の姿はなかった。

高井や藤原、北村といった門弟たちを指導する立場にある高弟たちの姿もない。

「大門は？」

師範代の武田は、文史郎と左衛門を迎えると「奥にいます」と小声で答えた。

文史郎は左衛門といっしょに、道場と母屋を繋ぐ廊下に行き、奥へと進んだ。

廊下の曲がり角や庭先、台所との出入口で見張りをする高井や藤原、北村の姿があった。

高井たちは文史郎が入って行くと、慌てて姿勢を正し、見張りをしているという格好をつけた。

「客間にいらっしゃいます」

「うむ。ご苦労さん」

奥の客間から、大門や弥生の朗《ほが》らかな笑い声がきこえた。

「おう、殿、爺さんも御出でになられたか」

大門はうれしそうに笑いながら、文史郎たちを迎えた。

「殿、ご覧くだされ。二人の美妓たちを。まるで天女が降り立って舞っているかのようではありませぬか」

「ほほう」

座敷では弥生と霧壺の二人が扇子《せんす》を手に舞っていた。

弥生は、霧壺と同じ薄化粧をし、島田髷に、色鮮やかな振り袖姿だった。

帯は遊女のように前結びにし、髷には簪を何本も挿している。

背格好もほぼ同じくらいなので、二人はまるで双子の姉妹に見えた。

ツンテンシャン……。

霧壺が口三味線で音頭を取り、弥生に身振り手振りで、踊りの手ほどきをしている。

弥生は踊りの勘も筋もいい。霧壺の舞いに合わせ、しなやかに優雅に舞っている。

霧壺はお腹のあたりが少しばかり出ていたが、子供を宿しているようには見えなかった。

「これは、美しい」

文史郎は大門の脇に座った。

大門がにやけながらいった。

「これで、三味線があれば、いいのですがのう」

「大門殿、それから酒もでござろう?」

左衛門が脇から杯をくいっとやる真似をした。

「そうそう」

大門が舌なめずりをした。

弥生が踊りながら、霧壺にいった。

「お桐《きり》の方さま、あまり踊るとお軀に障《さわ》ります」

「あい、弥生さま」

二人は舞いを止め、文史郎たちの前に座って三指をついてお辞儀をした。

「お初にお目にかかります。あちきは、霧壺改めお桐にございまする」

「あちきは、妹分の弥生にございます。よろしう」

二人は声を揃えていった。

「あちきたちの踊り、いかがでございましょう？」

「しばし無聊をお慰めできたでしょうか」

霧壺と弥生は科《しな》を作って座り、互いに顔を見合わせて笑った。座敷に華やかな二輪の牡丹《ぼたん》が花開いたかのようだった。

「おう。美事美事。霧壺はもちろんのことだが、弥生も霧壺に優るとも劣らず美しいのう」

文史郎は大きな拍手をした。左衛門も大門も手を叩く。

「ほんとに綺麗だ。」

廊下から覗いていた高井や藤原、北村たちも感嘆し、拍手をしていた。

「おらおら、おぬしら、見張りを怠ってはならぬぞ」

大門が振り向き、一喝した。

高井たちは、大慌てで、それぞれの持ち場に駆け戻った。

「弥生、すっかり霧壺と親しくなったようだのう。よかったよかった」

弥生は文史郎をたしなめた。

「文史郎様、霧壺ではなくて、いまは、お桐の方にございますよ」

「殿、そうでござる。霧壺は花魁の源氏名。いまは、お桐の方と名を改めたそうでござる」

大門が相好《そうごう》を崩していった。

「そうか。お桐の方か」

お桐は両手をつき、しとやかに頭を下げた。

「お殿様、このたびは、ほんとうにお世話になります。もっと前に、お目にかかっておりましたならと、つくづく残念に思っております」

「それがしも、だ」

文史郎はうなずいた。

弥生が顔を上げ、きっと柳眉《りゅうび》を逆立てた。

「文史郎様、どういう意味にございますか？」

「まあまあ」

文史郎は慌てて弥生に手を振った。

「大丈夫です。弥生様。これも、お客様を喜ばせる遊女の手管ですから。真意ではありませぬ」

お桐は微笑み、袖で口元を隠した。

塀を越え、庭先にばらばらっと人の飛び降りる気配があった。

「なにやつ！　曲者だ！」

高井が刀を手に叫んだ。

大門、左衛門も、刀に手をかけた。

手拭いで頬っ被りした男たちが三人、庭先に立った。廓の法被を着込んだ男たちだった。

そのうちの一人が手拭いを外した。

「お待ちください。怪しい者ではありません。相談人様は、こちらにおられませぬか？」

文史郎は一目男を見ていった。

「おう。首代頭の鬼吉ではないか。皆、安心せい。味方だ」

血相を変えて、刀に手をかけていた高井や藤原、北村たちが、ほっと安堵し、肩の力を抜いた。

「相談人様、ご報告に上がりました」

「鬼吉、そこでは雨に濡れよう。こちらへ上がれ」

「へい。では、失礼いたしやす。御免なすって」

鬼吉は腰を屈め、草鞋《わらじ》を脱ぐと、庭先から濡れ縁に上がった。手早く手拭いで、足の汚れを拭い落とす。

ほかの二人は濡れ縁のそばに寄って座った。

お桐が鬼吉を見て、挨拶をした。

「首代頭、いろいろ、お骨折りいただき、ありがとうございます。まあ、ずぶ濡れではないですか」

「大丈夫でさあ。どこのお姫様かと思ったら、霧壺ではねえか。いってえ、どういうことになっているんでえ」

弥生が満面に愛想笑いを浮かべて挨拶した。

「私は、お桐様の妹女郎の弥生にございます」

「……へええ。驚いた。お二人は、姿形がよう似てますなあ。まるで姉妹の振袖新造のようだ」

鬼吉は笑いながら弥生と桐の方を見比べていた。

弥生は誇らしげにいった。

「そうでしょ？　着物も化粧も、できるだけそっくりに似せてみたんですもの」

「そう。女はお化粧すれば、いかようにも化けられるものなのです」

霧壺こと桐の方は陶然と笑い、弥生と顔を見合わせてうなずき合った。

お桐と弥生は、二人揃って別の部屋に着替えに行った。

鬼吉は文史郎たちの前に座り、小声で話しはじめた。

「南海屋の公典が白状しましたよ。やはり、相談人様がおっしゃった通りに、公典の野郎は辻斬りをしていた無明玄斎や命知らずのごろつきどもを雇い、霧壺を殺させようとしたそうです」

「そうか。よく白状させることができたな」

「へい。あれから、あっしらは南海屋に張り込んで公典が出てくるところを取っ捕まえたんでやす」

「用心棒たちは？」

「いましたが、あっしらが不意を突いたのが功を奏して、全員、掘割の水に叩き込みました」

「例の玄斎は、いなかったのか？」

「残念ながら、玄斎はいませんでした。玄斎がいれば、廓の若い者を殺した落とし前をつけさせたのですが」

「それで、公典をどうした？」

「舟で吉原まで連れ帰りました。そこで番屋でさんざんに脅したら、全部白状したんです」

「なぜ、霧壺を殺そうとしたのだ？」

「そもそもは、公典の野郎は、霧壺に惚れて、馴染みになろうとしたんでやすが、霧壺に振られた。その恨みがあった」

「ううむ」

「松葉屋の話では、霧壺の許には、公典の親父の政兵衛が熱心に通っていたので、霧壺は親父の政兵衛に義理立てし、公典を相手にしなかったらしいのです」

「なるほどのう」

「政兵衛も公典に、霧壺はわしが身請けする、邪魔するなと説教したらしいんで。それで、親父への反発から、霧壺を逆恨みしたそうなんで」

「では、五千両の賭けの方は、関係なかったのかい？」

「いえ、そうした下地があった上に、五千両が絡んだってわけでして」

「どういうことだ？」

「『三猿会』の仲間うちで、誰か、吉原一番の花魁霧壺を口説き落とせる者はいないか、という話になった。そういったのは、実代吉だったらしいのですが、皆おもしろいというので、五百両ずつを出しあって、五千両の講を作ったんだそうです」

「ふむ」

「霧壺を口説き落として馴染みになった者に、その五千両を出そうと。ただ、公典だけが逆に張った」

「逆に張ったと？」

「つまり、公典は誰も霧壺を口説き落とせない方に賭けたい、と。だから、みんなが失敗したら、五千両はおれが取ると」

「なるほど」

「それで、公典以外の仲間たちが、つぎつぎに霧壺を口説こうとしたが、霧壺に相手にされず、袖にされた。ところが、唯一、大丸屋の実代吉だけが残った」

「ほう、なぜかな？」

「大丸屋の大旦那はけちで、吉原遊びなどはしない。ところが、南海屋をはじめ、ほかの親達は、みな吉原に遊びに来ていた。そうすると、霧壺を置いている松葉屋は、大丸屋の実代吉以外は、親の大旦那を大事にして、若旦那たちは相手にしなかったんです」

「なるほど」

「公典は実代吉も、どうせ霧壺に振られるだろうと見くびっていた。ところが、その実代吉が霧壺を口説き落とし、馴染みになったと言い出した。で、公典たちは霧壺といっしょになるという起請文を手に入れなければ、信用できない、と言い出した。そうしたら、実代吉は、霧壺といっしょに書いた起請文の熊野誓紙を持っていると言い出し、仲間たちに見せびらかした」

「ふうむ」

「もし、熊野誓紙が本物だったら、五千両は実代吉の手に落ちる。五千両を実代吉に渡すのが惜しくなった公典は、密かに荒くれ者のごろつきや辻斬りの玄斎を雇い、あるいは廓の中の女郎や下男に金を渡して、手っ取り早く霧壺を亡き者にしようとした。霧壺さえいなくなれば、実代吉は霧壺と馴染みにはなれない。そうなれば五千両は公典のものだ」

「それで霧壺の命を狙ったというわけだな」

「そうなんです。ところが、そうこうしているうちに、あっしらが廓の中に置いていては危ないと、霧壺を内緒で脱出させてしまった。そこで、公典は、今度は実代吉が持っている熊野誓紙を、雇ったごろつきどもや玄斎を使って奪わせようとした」

「それが、この前の実代吉殺しになるのだな」

「へい。でも、あれは公典の誤算だったそうです。頼んだ玄斎は、実代吉を待ち伏せし、熊野誓紙を取り上げただけでなく、なんと実代吉を斬り殺してしまった。公典は、まさか、仲間の実代吉まで殺すつもりはなかったので激怒し、金を払った上で、無明玄斎とは縁を切ったそうなんで」

「それで無明玄斎はいなかったのか」

「そういうことなんです」

「いま、無明玄斎は、どこに隠れておる？」

「公典も、それは知らないそうなんで。手下にいま調べさせています」

「捕まえた公典は、どうした？　まさか、布団で簀巻にでもして、大川に流したのではあるまいな」

「まさか。相談人様、そんな勿体《もったい》ないことはしません。白状させたあと、あっしは公典を連れ、南海屋に乗り込み、政兵衛にこれこれしかじかと説明し、息子を引き取らせたんです。若い者を殺させた落とし前として、南海屋から五百両ほど出させました。あいつは五百両の値打ちもありませんがね。親からすれば、大事な後継ぎなんでしょうが」

鬼吉は頭を振った。

左衛門が溜め息混じりにいった。

「そうすると、霧壺の命を狙う公典の線は、消えましたな。あとは長屋にまで乗り込んできた黒装束の侍たちですな。あやつらは何者だというのか?」

文史郎は腕組をした。

「うむ。おそらく、当主の斉匡殿が放った刺客たちだろう。ほかに、霧壺を狙う者がいるとは思えないからのう」

「そうですな」

大門も腕組をし、顎の髯をいじりながら同意した。

鬼吉が身を乗り出した。

「ところで、相談人様、この道場も怪しい侍や中間たちに見張られていましたぜ」

「なに、ほんとうか?」

「へい。あっしたちも、よく張り込むことがあるので、張り込んでいる奴はすぐに察知できるんでさあ。ここも、玄関、裏木戸の両方を張られている。それで、あっしらは見張りがいない屋根塀を越えて、こちらの庭先に飛び降りたんです」

「そうか。ここも、安全ではなくなったか」

文史郎は考え込んだ。

鬼吉がいった。

「せっかく霧壺も皆さんと馴染んだところですが、そろそろ隠れ里の方に移さないと、いつ何時、やつらが大挙して襲って来るか分かりません」

「そうだのう。弥生も、お桐と、まるで実の姉妹のように親しくなったというのに、引き離すのはいささか可哀相に思うが、これもお桐のためだ。致し方あるまい。爺は、いかがに思う？」

「そうでございますな。敵に攻め込まれたら、門弟たちにも大勢犠牲者が出るでしょうからな。のう大門殿？」

左衛門は、傍らで腕組をしている大門の顔を見た。

「拙者も、同感でござる。ところで、鬼吉、その隠れ里と申すところは、いずこにあるのだ？」

鬼吉は笑いながら頭を左右に振った。

「それは申し上げられません。どこで敵が耳をそばだてているか、分かりませんので」

「せめてきかせてくれ。江戸の近くか？　それとも、二度と戻れぬような遠国《おんごく》か？」

「強《し》いていえば、遠国でございます」

奥から、揃いの浴衣姿になった弥生とお桐が笑いながら戻って来た。

「あらあら、皆さん、どうなさったのですか？　深刻なお顔をして」

「殿、何か、まずいことでもあったのですか？」

二人は屈託なく笑いながら、文史郎や大門に訊いた。

文史郎はうなずいた。

「お桐、この道場も、何者かに見張られているのが分かった」

「まあ。ここもですか」

お桐の顔色が変わった。弥生がお桐の手を取った。

「大丈夫。私がおそばにいて、あなたをお守りします」

文史郎が弥生とお桐を等分に見ながらいった。

「そこで、まだ敵の包囲網が厳重にならないうちに、お桐をここから連れ出し、隠れ里へ移すことになった。いいな」

お桐は俯いていった。

「私は、ここに居とうございます。でも、そうすれば、皆さまにご迷惑をおかけすることになる」

「私はいいわ。お桐さんといっしょにいられるなら」

弥生がいった。お桐は寂しそうに笑い、頭を振った。

「そうはいきませぬ。これ以上、皆さまにご迷惑をおかけするわけにはいきません。私は覚悟しました。いつでも結構です。どうか、私を隠れ里に連れて行ってくださいませ」

弥生は両手をつき、文史郎に頭を下げた。

文史郎はうなずいた。

「うむ。そこで相談だ。お桐、弥生、おぬしたちに、ぜひやってほしいことがある」

「なんでしょう？」

「なんです？」

文史郎は二人をそばに寄せ、ひそひそと話しはじめた。

八

旅立ちの日が来た。

早朝、道場の玄関先に止められた権門駕籠《けんもんかご》に、高島田に、小袖、仕掛けともに白無《しろむ》垢《く》、緋色の襦袢《じゅばん》と腰巻《こしまき》、黒い下駄を履いた花魁が、見送りの門弟や若衆姿の弥生、師範代たちへの挨拶もそこそこに、鬼吉に導かれ、優美な仕草で乗り込んだ。

花魁のあまりの美しさに、門弟たちから溜め息が洩れた。

近所の家々から、お内儀や娘が出てきて、時ならぬ花魁道中に感嘆の声を上げた。

鬼吉たち廓の法被姿の若い衆が、数人ずつ権門駕籠の前後に並ぶ。

権門駕籠を担ぐ陸尺《ろくしゃく》たちも、同じ廓の法被姿だった。

行列の先頭を切るのは、首代頭の鬼吉である。そのあとに、荷を担いだ若い者が何人か続く。権門駕籠の直前を文史郎が歩き、駕籠の左右に左衛門と大門がついた。

権門駕籠の後ろには、脇差しを腰に差した屈強な若い衆が続く。

一行は道場の弥生や門弟たちに見送られ、静々と進みはじめた。

文史郎は歩きながら、周囲を見回した。

案の定、行列の先と後に、見え隠れしながら、数人の人影が尾行して来る。

文史郎は、江戸市中の賑やかな通りでは、敵も襲っては来ないと踏んだ。人気《ひとけ》がない裏通りとか、うらぶれた寺院神社の近くを通るときが危ないと予測した。

昌平橋《しょうへいばし》を渡って神田川を越え、日光街道《にっこうかいどう》に入った。

行列はそのまま北へ進み出した。

真直ぐ進めば、千住大橋《せんじゅおおはし》に至る。

その手前の箕輪《みのわ》付近で、右手に折れ、日本堤を進めば、吉原に戻る。

敵は、どう判断するだろうか、と文史郎はほくそ笑んだ。

ともあれ、どこでもいい。襲って来い。

文史郎は、油断なく、街道筋の家並みを眺め回した。

街道を往来する旅人や行商人、通行人が結構多く、じろじろと行列を眺めている。

行列は何ごともなく、箕輪まで進んだ。

先頭を行く鬼吉がちらりと文史郎を振り向き、右手に手を振った。日本堤に出るという合図だ。

日本堤の左側には掘割があり、周囲は一面稲《いね》が繁る田圃《たんぼ》が拡がっている。

行列は静かに日本堤に上がり、進みはじめた。堤の両脇には、丈の高い葦が生い茂っている。

葦の穂先が風に吹かれて、波打っている。

その葦の彼方《かなた》に、吉原の家並みが見えてきた。

吉原まで辿り着けば、大勢の首代や若い衆がいる。敵の侍たちも、おいそれと吉原までは襲って来ないだろう。

敵は餌にかからなかったかな、と文史郎は不安を覚えた。ひっかかってくれないと、企みが崩れることになる。

突然、葦の中から、ばらばらっと黒装束たちが飛び出し、行列の前に立ちはだかった。

「待て。その駕籠、待った」

黒装束の一人が手で行列を制した。

「なんでえ、なんでえ。おめえたちは」

鬼吉が威勢のいい声で黒装束たちをどやしつけた。

若い者たちは、荷物を放り出し、一斉に腰の脇差しを抜いた。

背後からも、十数人の黒装束たちが駆け付けてくる。

行列の後ろについていた若衆が一斉に脇差しを抜いた。

「来なすったな」

大門が待ってましたと手にした杖をしごいた。

左衛門が文史郎の背に背をつけて立った。

「殿、爺が背後をお守りします」

「うむ」

文史郎は刀の鯉口を切った。

行列は前後を黒装束たちに挟まれた。

左手は運河、右手は田圃で、逃げ道はない。

黒装束たちの数は、およそ三十人ほど。

黒装束の頭らしい黒頭巾が、大声で文史郎にいった。

「相談人、ここは、おとなしく、我らに霧壺を引き渡していただこうか」

「断る、といったら、いかがいたす？」

「腕ずくでも、霧壺を渡してもらう」

頭は背後を振り向き、顎をしゃくった。

それを合図に黒装束たちも一斉に刀を抜いた。

黒装束たちの中から、細身の体付きの男が前に出た。

見覚えがあった。

以前に長屋の細小路で剣を交えた相手だ。

相手は無言のまま、刀を抜いた。

「おぬしの正体、分かっておるぞ」

文史郎は相手を挑発した。

「……なに」

相手は動揺した。

「戸羽玄之勝であろう。隠すな。覆面を脱げ」

「な、なぜ、分かった？」

黒装束は、顔を半ば覆っていた覆面を脱いだ。

「愚かな。自分から名乗り出しおって。ちと鎌をかけてみただけだったのに」

「な、なんと」

戸羽玄之勝は狼狽《うろた》えた。

「おぬし、匡時殿の小姓ながら、当主の斉匡殿の間諜《かんちょう》として、若君の匡時殿を監視しておったのだな」

「ばれてしまったなら、最早《もはや》仕方がない。おぬしも、霧壺も死んでもらうしかない」

戸羽は嘯《うそぶ》いた。

「あいにくだな。花魁は手強いぞ」

文史郎は大門に目配せした。

大門は権門駕籠の扉を引き開けた。

駕籠から、白無垢の花魁が現れた。

「あちきを殺めようと申されるのは、どなたでありんす」

花魁は笑いながら、高島田の元結《もとゆい》を外して垂れ髪にした。

後ろにいた若い者が駆け寄り、白無垢の小袖や仕掛けを脱がせた。

若衆姿の弥生が現れた。手にした小太刀を抜き放った。

「あ、霧壺ではない」

戸羽玄之勝が叫ぶようにいった。

「おのれ、謀《はか》ったな。かかれ！」

黒頭巾の頭が怒声を上げた。

黒装束たちは、一斉に文史郎たちに斬りかかった。

たちまち、堤の上で大立ち回りが始まった。

文史郎は斬りかかる黒装束を打ち払い、戸羽の前に進み出た。

「戸羽玄之勝、おぬしと勝負だ」

「望むところ」

戸羽は青眼に構えた。文史郎は相青眼に構える。

「手出し無用。相談人は、拙者に任せよ」

戸羽は周囲の黒装束に怒鳴った。

文史郎と戸羽の周りから人が離れた。

戸羽の右足が滑るように前に出た。同時に上段に刀が振り上げられ、文史郎に斬りかかる。

文史郎は逃げず、踏み込んで、戸羽の刀を弾き、一気に刀を突き入れた。

弾かれた戸羽の刀は文史郎の右頰を掠めて下りた。

文史郎の突きは、戸羽の胸を深々と貫いていた。

戸羽の軀の動きが止まった。文史郎は刀を引き抜き、軀を回転させながら戸羽の胴を抜いた。

戸羽は鮮血を迸《ほとばし》らせながら、地べたに転がった。

「弥生」

文史郎は駕籠の方を見た。

弥生は小太刀を揮《ふる》い、斬りかかる黒装束たちを斬り伏せていた。

大門も獅子奮迅《ししふんじん》の勢いで、杖を揮い、黒装束たちを叩き伏せている。

左衛門は弥生の背後を守り、斬りかかる黒装束たちを追い払っている。

鬼吉たちも黒装束たちと斬り結び、つぎつぎに倒していた。

廓の方角から、喊声が上がった。

大勢の法被姿の若い者たちが駆けてくるのが見えた。

文史郎は斬り込んできた黒装束の一人を峰打ちで叩き伏せ、弥生の背に背をつけた。

「大丈夫か、花魁」

「大丈夫でありんす」

弥生はにこりと笑い、小太刀を構えながら答えた。

「これで、無事、霧壺が旅立っておればいいが」

「大丈夫でしょう。師範代や高井たちが、喜んで、お桐姉さんを送り届けていることでしょうから」

そうなのだ、と文史郎は思った。

師範代たちの護衛の下、玉吉の猪牙舟で、霧壺を江戸湊《みなと》の廻船にまで送る手筈になっていた。廻船には、惣名主の庄司甚右衛門が待っており、伊豆下田《いずしもだ》へ霧壺を送ることになっている。

隠れ里は、伊豆下田の近くの寒村だとしか知らされていない。

闘いは終わった。

「引け引け」

頭の怒声が聞こえた。

黒装束たちは、駆け付ける若い者たちを見て、一斉に退いて行った。

鬼吉は逃げ去る黒装束たちを見送った。

「皆、深追いするな。逃がしてやれ」

若い衆は歓声を上げた。

「殿、うまくいきましたな」

「もっとてこずるかと思いましたが」

左衛門と大門が破顔していった。

「お殿様、弥生様、ありがとうございました」

鬼吉が文史郎と弥生のそばに寄り、深々と頭を下げた。

文史郎は弥生と顔を見合わせた。

「それにしても、弥生、おぬしの花魁姿、綺麗だったのう」

「そうでありんすか。恥しい」

弥生は頬を赤く染めて笑った。

九

夕方。文史郎と左衛門、大門、玉吉の四人は弥生たちと別れ、賑やかに話をしながら、長屋へ戻った。

部屋に落ち着く間もなく、隣のお福が駆け付けた。

「お殿様、留守中に、痩せて気色《きしょく》が悪い、死神のような老人がやって来て、これを殿に渡せと」

お福は一通の書状を文史郎に差し出した。

「死神のような老人？」

左衛門が訝った。

「無明玄斎だな」

文史郎は書状を開いた。

目を通し、うなずいた。

「……承知した」

「なんだと書いてあるのです？」

大門が覗き込んだ。

「果たし状だ」

「誰から」

「無明玄斎だ」

「いつ?」

「明朝、暁七ツ半(午前五時)」

「場所は?」

「常泉寺《じょうせんじ》裏手薄野《すすきの》とある。玉吉、どこか分かるか」

「へい。お殿様、あっしが知っています。大川東岸にある水戸屋敷の隣に、常泉寺がありやす。その裏手は、薄が生え放題になっていやす。きっとその薄野を差しているのでしょう」

「玉吉、そこへ余を送ってくれ」

「へい。畏まりました」

左衛門はいった。

「殿、爺は反対でござる。そんな果たし状は無視なされればいい」

「拙者も、行かなくていい、と思いますな。勝手にこんな果たし状を置いて行き、出てこいはない。無礼な」

大門も反対した。

お福は苦々しくいった。

「まあ、果たし状だったんですか。やだねえ。受け取らねばよかった。殿様、行くことはないよ。あんなやつの相手をする必要なんかないわ」

「いや、行かねばなるまい」

文史郎は書状をくるくるとまるめ懐に入れた。

「殿、どうしてでござる？」

「無明玄斎とは、再度手合わせしようと約束してある。それに、もし、玄斎をこのまま放置しておけば、やつはきっとまた辻斬りをやる。そのために無辜《むこ》の人がまた殺される。それがしが止めるしかない」

文史郎は、心を決めた。


夜が白々と明けはじめた。

玉吉が常泉寺近くの船着き場に猪牙舟を止めた。

まだ約束の時刻には間があった。

文史郎は舟から下りた。

常泉寺の脇を抜け、暗がりの中、裏手に行く細道がぼんやりと見えた。

「殿、お待ちくだされ。爺も行きます」

「殿、拙者も。相手は卑怯な奴です。大勢で待ち伏せているやもしれません」

大門も心張り棒をびゅうびゅうとしごいていった。

「心配いたすな。やつも武士の端くれ。一人で来る」

文史郎は玉吉に舟で待つようにいい、細道を奥に向かって歩き出した。

大門と左衛門が慌ただしく後ろから付いて来る。

風が出てきた。

薄の穂が、風に吹かれて、波のように揺れている。

薄野に数本の松の木が立っていた。

その根元の周囲だけ、薄が無くなり、草の空き地になっている。

松の根元に、一人の小さな影が蹲っていた。

一目見て、無明玄斎だと分かった。

「大門、爺、待て。ここからは、それがし一人が行く」

「はい」

左衛門はうなずいた。

「見届け人として、待機しております。ご存分に闘いくださるよう」

大門が小声でいった。

「うむ。手出し無用だ。いいな」

文史郎は蹲った無明玄斎に向かって、ゆっくりと歩き出した。

三間ほど近付くと、無明玄斎はむっくりと起き上がった。

「時刻より、少々早いが、よくぞ参った」

「おぬし、無明玄斎に尋ねたいことが一つある」

「なんだ？」

「おぬし、なぜに、辻斬りをした？」

「なぜか、だと？」

玄斎は酷薄な笑いを顔に浮かべた。

「なぜ、そのようなことを訊く？」

「理由を知りたい」

「……ただ人を斬りたいから斬っただけだ」

「なぜ、人を斬りたくなるのだ？」

「理由などない。人を斬れば、胸がすっとするからだ」

「ただそれだけか？」

「それだけだ」

「では、おぬしを斬って人殺しを止めるしかないな」

「笑止。わしを止められるものなら止めてみろ」

無明玄斎は、じろりと東の空を見た。

空が明るさを増し、いまにも太陽が出掛かっていた。

「時刻だな」

「約束の時刻だ」

文史郎は刀の鯉口を切った。

無明玄斎はすらりと刀を抜いた。

間合い二間。

玄斎の軀が朝日の射すのと同時に跳ねた。

刀がくるくる回転しながら、文史郎に突進して来る。

文史郎は刀を抜いた。

朝日に一閃して、玄斎の刀が文史郎に斬りかかった。

文史郎は刀で玄斎の刀を撥ね除け、前に跳んだ。目の前にいる玄斎に刀を振り下ろした。

玄斎の顔がにやっと笑った。刀は空を切った。

玄斎の軀が反転し、刀が文史郎を下から襲った。

文史郎は辛うじて飛び退いた。裁着袴《たつつけばかま》の股間が切り裂かれるのを感じた。肉は切られていない。

文史郎は飛び退きながら、刀を横に払い、玄斎の胴を薙《な》いだ。かすかに手応えがあった。

「やるのう」

玄斎は呟くようにいった。

瞬間、またも玄斎の軀がふっと宙に浮いたように感じた。

刀がくるくると回り、辺りに朝日を撒き散らす。

文史郎は惑わされず、刀を玄斎が飛び降りる着地点に振り下ろした。

着地点に玄斎の軀が下りた。振り下ろした刀に確かな手応えがあった。

玄斎はくるりとその場で反転しようとしたが動けず、がっくりと膝をついた。

「参った。迷宮剣敗《やぶ》れたり……」

玄斎は呟くようにいい、にたっと笑った。

肩口から、どっと鮮血が噴き出した。

玄斎は地べたにずるずると倒れ込み、動かなくなった。

文史郎は残心《ざんしん》の構えを取った。

「殿、やりましたな」

「見事でござる」

大門と左衛門が駆け付けて誉め称えた。

玄斎を見下ろした。

玄斎は普通の年老いた老人に見えた。

文史郎は勝っても、少しもうれしくなかった。むしろ、悲しかった。

きっと玄斎は、自分よりも強い剣士に斬られたかったのだろう。なんのために生きて来たのか？

虚しい人生ではないか、と文史郎は思った。

朝日が射し、薄野を明るく照らしはじめていた。

薄の穂が無心に風に揺らめき、黄金色の光をばらまいていた。

十

一年の歳月が過ぎた。

文史郎の許に、霧壺こと桐の方から、一通の書状が届いた。

伊豆の山奥の隠れ里で過ごす日々のことが書かれてあった。

無事に男の子が産まれたともあった。

男の子は匡時の一字を取って、匡紀《まさのり》と名付けられた。

命名したのは、父親の匡時改め匡太郎《まさたろう》だとあった。

いまは、お桐となった霧壺は、匡太郎と息子匡紀と三人で、幸せに暮らしている。

爺の佐治又衛門もまた元気で、匡紀を孫のように可愛がっているとある。

左衛門が書状を読み、うれしそうに笑った。

「ほんとうによかったですなあ。霧壺、いやお桐の方も、晴れて匡時殿と、いや匡太郎殿と夫婦になれて」

「そうだのう」

「おききになりましたか？　斉匡様は、行方不明になった匡時様を、ご病気だと届け、幕府に廃嫡を申し出るそうですぞ」

「おう、そうか。では、嫡子はどうされたと？」

「斉匡様は、兄である将軍家斉様の子、斉荘《なりたか》様を養子に迎える、とのことです」

「匡時殿は、田安家を継ぐよりも、霧壺との幸せな家庭を選んだわけだ。めでたいといえば、こんなめでたいことはない」

文史郎は腕組をし、目を瞑った。霧壺の顔を思い出そうとした。できなかった。代わりに、花魁に扮した弥生の顔が浮かんだ。

いかん、いかん。

文史郎は慌てて打ち消した。

「文史郎様、なにしているんですか？」

目の前に弥生が立っていた。

「あ、弥生ではないか」

文史郎はまじまじと弥生を見つめた。

花魁の格好をしなくても、はるかに弥生は女らしく、色っぽい。最近、ますます肌に艶が出てきた。

「あら、その目付き、いやらしい。またよからぬことをお考えだったのでしょう」

弥生は文史郎に流し目しながら笑った。

「駄目ですよ、あちきのことを忘れてほかの女子を思っては」

「殿、図星ではございませんか」

左衛門がひひひ、と嫌味な笑い方をして、文史郎を見た。

文史郎は、こんな生活がいいな、とつくづく思うのだった。

時代小説

二見時代小説文庫

必殺迷宮剣《ひっさつめいきゅうけん》 剣客相談人《けんかくそうだんにん》12

著者　森《もり》 詠《えい》

発行所　株式会社　二見書房
東京都千代田区三崎町二－一八－一一
電話　〇三－三五一五－二三一一［営業］
　　　〇三－三五一五－二三一三［編集］
振替　〇〇一七〇－四－二六三九

印刷　株式会社　堀内印刷所
製本　ナショナル製本協同組合

落丁・乱丁本はお取り替えいたします。
定価は、カバーに表示してあります。

ISBN978－4－576－14126－8
http://www.futami.co.jp/

二見時代小説文庫

森 詠
忘れ草秘剣帖1〜4
剣客相談人1〜12

浅黄 斑
無茶の勘兵衛日月録1〜17
八丁堀・地蔵橋留書1・2

麻倉 一矢
かぶき平八郎荒事始1・2

井川 香四郎
とっくり官兵衛酔夢剣1〜3
蔦屋でござる1

大久保 智弘
御庭番宰領1〜7

大谷 羊太郎
変化侍柳之介1・2
将棋士お香 事件帖1〜3

沖田 正午
陰聞き屋 十兵衛1〜5
殿さま商売人1

風野 真知雄
大江戸定年組1〜7

喜安 幸夫
はぐれ同心 闇裁き1〜12
見倒屋鬼助 事件控1

楠木 誠一郎
もぐら弦斎手控帳1〜3

倉阪 鬼一郎
小料理のどか屋 人情帖1〜11

小杉 健治
栄次郎江戸暦1〜12

佐々木 裕一
公家武者 松平信平1〜10

武田 櫂太郎
五城組裏三家秘帖1〜3

辻堂 魁
花川戸町自身番日記1・2

幡 大介
天下御免の信十郎1〜9
大江戸三男事件帖1〜5

早見 俊
目安番こって牛征史郎1〜5
居眠り同心 影御用1〜14

花家 圭太郎
口入れ屋 人道楽帖1〜3

聖 龍人
夜逃げ若殿 捕物噺1〜12

氷月 葵
公事宿 裏始末1〜4

藤井 邦夫
柳橋の弥平次捕物噺1〜5

藤 水名子
女剣士 美涼1・2
与力・仏の重蔵1〜3

松乃 藍
つなぎの時蔵覚書1〜4

牧 秀彦
毘沙侍 降魔剣1〜4
八丁堀 裏十手1〜7

森 真沙子
日本橋物語1〜10
箱館奉行所始末1〜3